Der Puppenkasper

Der Autor

Wolfgang A. Gogolin, geboren 1957, publiziert in seiner Heimatstadt Hamburg. Nach dem Studium in Berlin war er lange Jahre als Rechtspfleger und Standesbeamter tätig. Im August 2002 erschien sein erster Roman, die Behörden-Satire 'Karawane des Grauens'. Der Autor ist Mitglied der Literatengruppe WortWerk (www.wortwerk-hamburg.de).

Für *Christl*,
die ihren Puppenkasper
duldsam lächelnd gewähren lässt.

Besonderer Dank für lektorierende Unterstützung gilt

Uta 'Was weiss das Meer vom Quell' Haeder
Matthias 'Still On Flame' Fehlberg
Norbert 'Das dritte Prinzip' Krüger

Wolfgang A. Gogolin

Der Puppenkasper

Weibliche Macht — Männliche Ohnmacht

Roman

Bibliografische Information Der Deutschen Bibliothek:
Die Deutsche Bibliothek verzeichnet diese Publikation in der Deutschen
Nationalbibliografie; detaillierte bibliografische Daten sind im Internet
über http://dnb.ddb.de abrufbar

Wolfgang A. Gogolin, Hamburg
www.puppenkasper.de

Alle Rechte beim Autor
ISBN 3-8334-0946-0

Herstellung und Verlag: Books on Demand GmbH, Norderstedt

Vorwort

Schreibe doch mal etwas richtig Frauenfeindliches, riet mir ein Bekannter augenzwinkernd. Das erstaunte mich, bin ich doch eher der Typ 'beschützender Gentleman' voll edler Absichten.

Aber die Zeichen mehrten sich:

Kaum liege ich sinnierend auf dem Sofa, schon bügelt frau lautstark meine Oberhemden und stört den Gedankenfluss. Damit nicht genug — ich warte den ganzen Tag, dass frau von der Arbeit heimkommt und dann dauert es eine geschlagene halbe Stunde, bis endlich das Essen auf dem lieblos dekorierten Tisch steht. Natürlich sind dann immer noch keine Fenster oder Schuhe geputzt.

In der Fernsehwerbung sehe ich dauernd blonde Frauen, die auf dem Teller plinkernde Spezial-Dragees einnehmen. Morgens strahlen sie putzmunter, erledigen tagsüber mit leichter Hand ihren Job als Geschäftsführerin und geben zu später Stunde in entspannter Stimmung und knappen Dessous die perfekte Liebhaberin. Also, meine Frau kommt abends immer abgekämpft nach Hause und reagiert auf berechtigte Vorwürfe unangemessen verschnupft. Natürlich hat sie dann immer noch keine Wäsche gewaschen und der Fußboden sieht von meinen zertretenen Kartoffelchips aus wie Sau. Findet sie den Staubsauger nicht?

Kürzlich wies ich meiner Frau eine unappetitlich dicke Staubschicht auf dem Fernsehgerät nach, indem ich mit dem Zeigefinger darüber fuhr und ihr diesen mit großer Geste unter die Nase hielt. Patzig antwortete sie: 'Du kannst auch ruhig mal das Staubtuch in die Hand nehmen!' Ja, wo sind wir denn?

Mein Bekannter hatte recht:

Die Welt dürstet nach einem Roman, der die Männerausbeutung ohne falsche Scham offen legt. Sachbücher zu dieser Thematik bietet der Buchhandel zuhauf, die alltägliche Diskriminierung des männlichen Geschlechts tritt überall zutage, wir dürfen nur nicht wegsehen. Wir brauchen Mahnwachen und Lichterketten und Betroffenheit und Hungerstreik und einen Aufschrei der Anständigen!

Männer dürfen keine Kinder bekommen, nur weil sie Männer sind. Männerbeauftragte gibt es auch nicht. Wir haben ein Ministerium für Familie, Senioren, Frauen und Jugend. Für Männer ist wohl die Kriegsministerin zuständig?

Schon wieder werde ich in meinen filigranen Gedankengängen unterbrochen. Frau hat sich beim Kartoffelschälen geschnitten und schreit. Ungeschicktes Fleisch, pass' beim nächsten Mal besser auf! Ich will mein Steak blutig und nicht die Kartoffeln!

Wo war ich? Richtig — Männerunterdrückung. Fängt schon bei der Sprache an. Weshalb nicht mal Täterin? Oder Schreibmaschiner? Warum sehe ich nirgends Quoten-Müllfrauen oder Betonmischerinnen? Mich hat noch nie eine Exhibitionistin im Park belästigt. Die sehe ich nur im Playboy. Konsequenz dieses schreienden Unrechts:

DER PUPPENKASPER

Wolfgang A. Gogolin im April 2004

Zwei Tragödien gibt es im Leben: Die eine, nicht zu bekommen, was das Herz wünscht, die andere, es zu bekommen. (George Bernard Shaw)

I

Begeistert hüpfte Tim durchs Wohnzimmer, weil er zum achten Geburtstag von seiner Mutter einen lang gehegten Wunsch erfüllt bekommen hatte:
Ein großes Aquarium.
Sie war nicht geizig gewesen und hatte ein 100-Liter-Becken aus Vollglas erworben. Keine störenden Metallränder würden den Blick auf die Wasserwelt beeinträchtigen.
Ein grüner Heizstab lag auf dem Geburtstagstisch, ein Wasserfilter, ein kleiner Kescher und sogar verschiedenfarbige Kieselsteine als Bodenbelag. Nur Fische waren keine da.
Die kleinen Tiere waren schlecht zu lagern und als Geschenk zu verpacken, daher sollte Tim sich noch am Abend seines Geburtstages im Zoofachgeschäft pflanzliche und tierische Bewohner für das gläserne Heim aussuchen.

So geschah es; Tim und seine Mutter fuhren mit dem Bus in die Innenstadt zur Kleintierhandlung. Der aufgeregte Tim stand überwältigt vor der riesigen Auswahl an Fischen. Er staunte über diskusförmige Skalare, aalartige Dornaugen und furchteinflößende Welse mit dicken Barthaaren. Am liebsten wollte er ganz viele von den hübschen, buntschillernden Guppys mit den beeindruckend langen Schwanzflossen haben.
Das sind alles Männchen, gab die Verkäuferin zu bedenken, ein lebendiges Aquarium braucht aber auch Weibchen. Nur sie sorgen bald mit winzigen Babyfischen für Nachwuchs.

Seine Mutter nickte und war mit Blick auf den niedrigen Preis einverstanden. Sie wies mit der Hand auf ein Nebenbecken. Dort schwammen graue Fischchen herum, etwa doppelt so groß wie die Guppymännchen. Einige hatten sehr dicke Hinterleiber. Die einfarbigen Weibchen schwammen sehr langsam, als fehlte ihnen der Antrieb. Solche langweiligen Fische wollte Tim nicht haben. Aber aus Angst, die hübschen Tiere nicht ohne die hässlichen zu bekommen, willigte er zögernd ein. Tim runzelte die Stirn. Ihn beschlich das unangenehme Gefühl, um einen Teil des Geburtstagsvergnügens betrogen zu werden.

An der altertümlich ratternden Registrierkasse bezahlte seine Mutter die Neuerwerbungen: Zwölf hübsche und zwölf hässliche Guppys, vier grüne Rankgewächse und eine ockerfarbene Dose mit getrockneten Fischfutterflocken. Tim durfte dann die Einkaufstüte tragen, nachdem er versprochen hatte, sehr vorsichtig damit umzugehen.

Zehn Minuten später erreichten Mutter und Sohn die Bushaltestelle. Ein etwa zwanzigjähriges, dünnes Mädchen wartete dort auf den Bus, ebenso wie einige ältere Männer. Tim wunderte sich, denn sie trug trotz des kühlen Oktoberwindes einen auffallend kurzen Rock. Er wäre nicht auf die Idee gekommen, bei so niedrigen Temperaturen eine kurze Hose anzuziehen. Die langen, leicht gebräunten Beine des Mädchens schimmerten seidig. Tims Verwunderung steigerte sich, als er das Interesse der umstehenden Herren bemerkte. Denn deren Blicke streiften mit offenkundigem Wohlgefallen die Beine, einer machte sogar ein leises Kompliment. Darauf sah sie ihn verächtlich an und stolzierte dicht an den Herren vorbei. Ihr Gang war leicht tänzelnd, die schwarzen Lackschuhe mit hohen Absätzen verlangten akrobatisches Geschick. Direkt vor Tim blieb sie stehen.

Er besah sich die nackten Beine ebenfalls, konnte aber außer deren Nacktheit im kalten Oktober nichts Bemerkenswertes daran finden. Seine Gedanken drehten sich erneut um das Aquarium.

Als der Bus endlich kam, ergatterte Tims Mutter den letzten freien Sitzplatz. Tim stellte sich neben sie und hatte Mühe, sich angesichts der schaukeligen Fahrt an einen Griff zu klammern und gleichzeitig die Fischtüte festzuhalten.

Daheim bestückten Mutter und Sohn das Becken. Erst mit den Kieselsteinen, dann mit den Rankpflanzen, mit Heizung und Filter.

Immer wieder holte Tim mit einem Eimer aus dem Badezimmer lauwarmes Wasser, das seine Mutter vorsichtig ins Aquarium goss. Die Kieselsteine wurden von der Strömung ein wenig durcheinander gewirbelt. Nach elf Eimern fehlte noch eine Handbreit, Tim legte das Badewannen-Thermometer hinein und sie stellten eine mit zweiunddreißig Grad Celsius zu hohe Temperatur fest. Guppys brauchten mindestens zwei Grad weniger. Der letzte, halb volle Eimer enthielt darum nur kaltes Wasser.

Endlich kam der große Moment: Tims Mutter tauchte die durchsichtige Kunststofftüte mit den vierundzwanzig Fischchen unter Wasser, öffnete sie langsam und zog sie ohne Fische wieder hoch. Ungestüm schwammen die Guppys umher. Es war ein schöner Anblick, wie den zappelnden Tierchen ihre ungewohnte Umgebung zur Heimat wurde.

Seltsam fand Tim das Verhalten der kleinen, farbenfrohen Fische mit den unverhältnismäßig großen Schwanzflossen, die fast eine halbe Körperlänge ausmachten. Immer wieder stellten sie sich den grauen, langweiligen Fischen in den Weg und präsentierten ihre hinteren Hälften wie ein Werbegeschenk. Die hässlichen Fische ließ das unbeeindruckt. Sie schwammen schnell davon, wenn die bunten Fischchen sie stupsten.

Ohne graue Weibchen wäre das neue Aquarium viel dekorativer gewesen. Die schönen Männchen hätten sich nicht immerzu angestrengt verrenken müssen, ärgerte sich Tim.

Zuerst lieben die Kinder ihre Eltern; dann kritisieren sie sie. Selten, wenn überhaupt, verzeihen sie ihnen. (Oscar Wilde)

II

Unabhängig von mütterlichen Behauptungen, weibliche Wesen seien von besonders wertvoller und schützenswerter Natur, hatte Tim die Grunderkenntnis eines jeden kleinen Jungen verinnerlicht: Männliche Geschöpfe waren den weiblichen stark überlegen.

Bei den Guppys und den Pfauen waren sie schöner. Bei den Hirschen sahen die Böcke mit ihren Geweihen viel prächtiger aus als die unansehnlichen Ricken. Und selbst männliche Menschen waren sichtlich größer, muskulöser und kräftiger als weibliche. Also wollte ein gesunder Junge wie Tim, der sich altersbedingt Erwachsenen unterordnen musste, selbst furchtbar gern ein richtig großer, starker Mann sein.

Er teilte eine weitere Grundweisheit jedes kleinen Jungen: Mädchen sind doof und aufgrund ihrer Weinerlichkeit und körperlichen Schwäche zu verachten. Sie mochten nicht Fußball spielen, weil die Bluse schmutzig werden könnte. Frösche fangen fanden sie eklig. Viel lieber verkleideten sie sich und spielten mit Muttis Schminksachen. Verprügeln durfte man die kleinen Heulsusen auch nicht. Spielzeugpuppen wurden gekämmt statt fachmännisch geöffnet, um den Inhalt zu erforschen.
Mädchen versuchten, allen zu gefallen:
Erstens den Eltern, zweitens den Lehrern mit Hausaufgaben in Sonntagsschrift und drittens überhaupt jedem Erwachsenen. Es gab hübsche Mädchen mit langen Zöpfen und hässliche

mit kurzen Haaren, aber daran Ziehen war in beiden Fällen verboten. Sie waren wirklich doof.

Irgendwann möchte jedes Kind gerne wissen, woher die kleinen Bienen kommen.
Aus unerfindlichen Gründen war es Aufgabe der gestressten Mütter, die peinliche und angstbesetzte Aufklärungsarbeit zu leisten und so war es auch hier. Tim hatte mittlerweile das zwölfte Lebensjahr vollendet und seine Mutter hielt den geeigneten Zeitpunkt für gekommen.
Sein Vater hielt sich aus diesen Dingen heraus. Nicht etwa, weil er die Ansicht vertreten hätte, aufklärende Worte seien eines Mannes unwürdig oder typischer Weiberkram, sondern weil ihm nach dem Beziehungsende zur Mutter ein eng begrenztes Umgangsrecht eingeräumt worden war. Richter in Deutschland legen die Gesetze wenig vaterfreundlich aus.

Die sporadischen Wochenendtreffen von Vater und Sohn wurden für Eisessen beim Italiener MAMMA MIA oder Zoobesuche genutzt. Selten führten sie tief schürfende Gespräche. Tims zweiundvierzigjährige Mutter hielt wenig von ihrem Verflossenen und hätte den Kontakt gern unterbunden. Wegen des schlechten Einflusses, wie sie sagte. Tim verstand nicht, was Eisschlecken und Tierfüttern mit schlechtem Einfluss zu tun hatten.
Ein Kind würde auch den Vater brauchen, deshalb hatte sie den seltenen Zusammenkünften zugestimmt. Selbst wenn der ehemalige Liebhaber eine Freundin hatte, die seine Tochter sein könnte und die wie eine Schlampe herumlief, sollte Tim die männliche Seite der Erziehung kennen lernen.

Am Nachmittag der Aufklärung musste Tim sich auf das schwarze Ledersofa im Wohnzimmer setzen. Er hörte mit großen Augen und Ohren aufmerksam zu, als ihm seine Mutter nach tiefem Luftholen den mechanischen Ablauf der menschlichen Fortpflanzung erklärte. Überrascht war er nicht, er hatte ähnliche und reich bebilderte Informationen in der Jugendzeitschrift *Bravo* gesehen, in der Rubrik des Doktor-Sommer-Teams. Einige Wissenslücken waren nicht geschlossen worden, denn sein Geschichtslehrer hatte ihn beim Lesen im Unterricht erwischt und das Heft erbost konfisziert. So ein Schund, hatte er gebrüllt.

Weshalb war von miteinander *schlafen* die Rede, wenn in Wirklichkeit miteinander *bewegen* gemeint war, fragte Tim daher forsch. Seine Mutter stieß einen Seufzer aus, kratzte mit dem Zeigefinger an einem kleinen, roten Nasenpickel und zögerte mit der Antwort. Ihr fiel schließlich ein, dass ein Schlachtfeld früher Feld der Ehre genannt wurde und dass der Stille Ozean auch nicht still war. Menschen würden Manches gern im Ungefähren lassen und statt drastischer Ausdrücke lieber freundliche Umschreibungen wählen.

Nach dieser Auskunft war Tim kaum klüger, behielt aber im Kopf, dass Sex irgendetwas mit Krieg und rauer See gemeinsam haben müsste. Jedenfalls nichts mit Einschlafen.

Wenig begeistert war er, als seine Mutter, die er immer mit ihrem Vornamen 'Christiane' ansprechen musste, das ursprünglich spannende Thema schnell verließ. Christiane berichtete bewegt, wie sie von ihrer eigenen Mutter nur mit den Worten *Lass' Dir nicht an den Rock gehen* aufgeklärt wurde und dass er, Tim, das überraschende Ergebnis dieser kargen Form von Aufklärung sei. Das sei eine harte Zeit gewesen.

Sie würde ihn trotz allem lieb haben wie nichts anderes und um keinen Preis der Welt weggeben wollen. Aber er könne an seinem mit Fischnachwuchs überfüllten Aquarium beobachten, welche Probleme ungezügelte Vermehrung mit sich brächte. Tims empörten Einwand, er hätte damals bunte Männchen und keine hässlichen Weibchen mit vielen Jungen haben wollen, fegte sie mit einer unwirschen Handbewegung vom Tisch.
Weibchen seien etwas ganz Besonderes und Einmaliges, erklärte Christiane und kratzte sich wieder an der Nase. Tims verschüchterte Frage, warum Menschen sogar dann miteinander schliefen, wenn sie keine Kinder wollten, wurde übergangen. Das Problem sei, dass Männer es auf ihr eigenes Vergnügen abgesehen hätten. Frauen dagegen opferten sich auf und kümmerten sich um die Kindererziehung samt Haushaltsführung, erklärte sie mit verhaltenem Vorwurf in der Stimme.

Tim solle anders werden, rücksichtsvoll und nicht auf den persönlichen Spaß bedacht, dafür wolle sie sorgen. Deshalb müsste er auch gelegentlich den Müll hinaus tragen, in der Küche beim Abtrocknen des Geschirrs helfen und sein Zimmer ordentlich aufräumen. Wenn er sich richtig und anständig verhielt, bekäme er eines Tages eine patente Frau ab. Äußerlichkeiten seien nebensächlich, auf innere Werte der Partnerin käme es an. Heirat müsste nicht sofort sein, aber in ein paar Jahren würde sie sich einen verheirateten Sohn und süße Enkelkinder wünschen. An dieser Stelle machte Christiane eine kurze Pause und lächelte in sich hinein.

Dann fuhr sie fort: Wie Dein Vater darfst Du aber keinesfalls werden! Der hatte ihren Wunsch nach einer Eheschließung mit dem Satz *Wenn ich ein Glas Milch trinken möchte, kaufe ich doch auch nicht die ganze Kuh* böse grinsend abgeschmettert.

Das hatte sie Tim schon häufig mit trauriger Miene erzählt. Nicht angeberhaftes Imponiergehabe, sondern Zärtlichkeit, Romantik und Einfühlungsvermögen würden Frauen wollen und belohnen.

Am Allerwichtigsten sei die Schwangerschaftsverhütung, die keinesfalls Frauensache sei, erklärte Christiane ernsthaft. Darum müsse sich Tim persönlich kümmern, auch wenn er nicht selbst die Kinder gebären würde. Er solle nicht alle Verantwortung bei den Frauen abladen, die hätten es auch so schon schwer genug im Leben.

Tim fand die Aussicht, dass sich ihm eines fernen Tages ein 'patentes' Mädchen als Belohnung für vergnügungsloses Bravsein opfern würde, wenig verlockend. Ein Mofa wäre ihm lieber gewesen. Er unterdrückte mühsam ein Gähnen.

Das blieb seiner aufmerksamen Mutter nicht verborgen, sie wechselte das Thema und erinnerte ihn an die fällige Fütterung der Guppys. Tim trottete in sein Zimmer zum Aquarium. Mit Daumen und Zeigefinger holte er dunkelbraune Futterflocken aus der Packung und gönnte den Tieren eine Ration. Ein paar Flocken waren an seinen Fingern kleben geblieben. Er wischte die Reste an seiner Jeans ab und ergötzte sich an der Gier der wimmelnden Fische. Die bunten Männchen waren trotz Hunger nicht davon abzubringen, die grauen Fische zu umwerben. Angesichts der vierzig winzigen Jungtiere war dieses Verhalten offenkundig erfolgreich.

Weitere Zeit zum Sinnieren fand Tim nicht, denn Christiane kam herein gelaufen. In der rechten Hand trug sie ein dunkles Holzbrett, sie hatte ihm zwei Schnitten Brot bereitet. Er solle jetzt erst einmal etwas Richtiges essen, sagte sie freundlich und stellte das Brett auf den Tisch. Danach müsste er sein Zimmer ordentlich aufräumen. Tim hatte keinen Appetit, besonders keinen auf gewiegte Mettwurst. Aber er wollte darüber nicht diskutieren. Mit einem 'Danke' in abschließendem Tonfall setzte er sich vor das liebevoll mit dünnen geriffelten Gewürzgurkenscheiben dekorierte Brot.

Während Christiane durch den Flur ins Wohnzimmer zurückging, biss er mit langen Zähnen von einer Brotscheibe ab. Das restliche Brot wickelte er in niesfeste Papiertaschentücher und verbarg es in den Tiefen seines Papierkorbs. Er wollte rechtzeitig daran denken, den am Abend auszuleeren. Daraus wurde nichts. Als Christiane spätabends die Brotreste entdeckte und ihn ausschimpfte, musste Tim sich damit herausreden, dass es ihm wegen inzwischen überstandener Bauchweh nicht gut gegangen sei. Sofort wurde ihm neues Wurstbrot offeriert, was er mit Hinweis auf die fortgeschrittene Tageszeit ablehnen konnte. Wenn es Dir jetzt wieder besser geht, kannst Du wenigstens Dein Zimmer aufräumen und nicht einfach alles in den Schrank werfen, ermahnte sie ihn.

Tim mochte seine Mutter. Manchmal.

Sie trug helle, modische Kleidung und machte etwas aus sich, ohne dass er sie als gut aussehend empfand. Ihre akkurat geschnittene, grausträhnige Ponyfrisur sah dämlich aus. Wie bei einer Politikerin aus dem Fernsehen. Jedenfalls war Christiane nicht so hübsch wie die jugendliche Freundin seines Vaters. Auch nicht so nett. Aber vielleicht hatte jeder Mensch gegenüber der eigenen Mutter solche Gefühle. Die behandelte ihn nie wie einen Erwachsenen und hatte von morgens bis abends etwas zu meckern. Außerdem pflegte sie einen krankhaften Reinigungsfimmel und entdeckte auf jedem Regal einen Staubfussel.

Frauen hatten deswegen kleinere Hände als Männer, damit sie besser in den Ecken wischen können, hatte sein Vater in Bierlaune gescherzt, und der Weltfrauentag hieß früher Frühjahrsputz.

In den zehn Geboten der Christen wurde viel gefordert. Die meisten Gebote waren schwer zu befolgen, wusste Tim aus dem Religionsunterricht. Nachdenklich sinnierte er, ob deswegen im vierten Gebot ausdrücklich erwähnt war, dass man seine Mutter ehren solle.

Tim beschlich ein zwiespältiges Gefühl, das er nicht in Worte zu kleiden vermochte. Tief im Innern konnte er verstehen, aus welchen Erwägungen heraus sein Vater Christiane nicht geheiratet hatte: Er fand grauschuppige Guppyweibchen auch langweilig und er schätzte keine gurkenbelegten Mettwurstbrote.

Jugend heißt stolpern; Mannheit heißt kämpfen; Alter heißt bedauern.
(Benjamin Disraeli)

III

Der Charakter einer Frau zeigt sich nicht, wo die Liebe beginnt, sondern wo sie endet, hatte Rosa Luxemburg gesagt. Ihr zu Ehren war die ehemalige höhere Töchterschule aus dem neunzehnten Jahrhundert kurz nach dem zweiten Weltkrieg in Rosa-Luxemburg-Gymnasium umbenannt worden. Das Gymnasium, ein helles Sandsteingebäude, mitten im bewaldeten Park der Altstadt gelegen, genoss einen hervorragenden Ruf. Halbrunde weißgerahmte Sprossenfenster schmückten das gepflegte und graffitifreie Gemäuer, in dem es Koedukation erst seit 1970 gab. Die Lehrer waren ein bisschen stolz, denn im RLG, wie man es intern respektlos nannte, lehrten sie als Fremdsprache nicht nur Englisch. Gestandene Altphilologen boten den Schülern der Oberstufe zusätzlich Unterricht in den Sprachen Latein, Altgriechisch und Hebräisch an.

Tim ging gern zur Schule. Soweit ein Sechzehnjähriger überhaupt gern zur Schule ging. Er ging auch gern wieder nach Hause, wie er vor Schulkameraden witzelte, er hielte sich bloß nicht gerne in der Schule auf.

Zwölf Jungen und zwölf Mädchen saßen in seiner Klasse. Im Lauf der Zeit entwickelten sie ein starkes Zusammengehörigkeitsgefühl in der Klassengemeinschaft, die Jugendlichen kannten sich. Dennoch bekam Tim kraftvolle Scherze wegen seiner Pausbäckigkeit und wegen seiner unmodischen Jeans ohne Markenemblem zu hören. Kindermund tat

Grausamkeit kund. Zum Ausgleich äußerte er verletzende Grobheiten über unsportliche Mitschüler.

Trotz der Pausbacken war Tim zufrieden mir seiner äußeren Erscheinung. Seine dunkelbraunen Haare bildeten Locken, sobald sie eine Länge von acht Zentimetern erreichten. Die kleine Nase passte zu den zierlichen Ohren, das schmale Kinn wirkte energisch vorgeschoben. Grünbraune Augen krönten lange, schön geformte Brauen. Christiane schwärmte von seinen fein geschnittenen Gesichtszügen. Wollte er cool wirken, trug er wie alle Jungen seine dunkelblaue Baseballkappe mit dem Schirm nach hinten.

Gelegentlich lachte er in den Pausen über Behindertenwitze. *Sagt der eine zum anderen Behinderten: Ich hörte, Du hast kürzlich den Wettbewerb im Breakdance gewonnen? Ja, antwortet der, dabei wollte ich mir nur eine Cola holen.* Diese Art Humor fand er deswegen komisch, weil man mit schrecklichen Schicksalen eigentlich keinen Schabernack trieb und hier bewusst eine Grenze überschritten wurde.

Von den schulischen Leistungen her schwamm er im unteren Mittelfeld. Mathematik und Physik bereiteten ihm Probleme. Hausgemachte Probleme, denn schlechte Noten in diesen Fächern verdankte er nicht geistigem Unvermögen, sondern Faulheit und Desinteresse. Computerspiele und aktuelle Musik-CDs fand er prickelnder. In der Kommentarzeile seiner Zeugnisse monierten die Lehrer regelmäßig mangelndes Konzentrationsvermögen und fehlenden Fleiß, die Versetzung in den nächsten Jahrgang schaffte er dennoch. Trotz Rechenschwäche war er schlau genug, genau solche Fächer als Leistungskurse zu belegen, die mit geringem

Lernaufwand gute Zensuren brachten. Dazu gehörte Deutsch. Mit geschickt formulierten Allgemeinheiten verbrauchte er wenig Gehirnschmalz und galt als Leistungsträger.

Als zweites Leistungsfach hatte Tim aus echtem Interesse Gemeinschaftskunde gewählt. Fast täglich lehrte eine einundfünfzigjährige Lehrerin namens Ursula Müller-Schegoleit in diesem Fach. Frau Müller-Schegoleit war eine dickliche, langhaarige und unvorteilhaft gekleidete Person. Ihre Sommer-Garderobe bestand aus einem dunklen Baumwoll-Oberteil undefinierbarer Farbe und einem schwarzen, knöchellangen Rock, ihre Winter-Garderobe auch. Die Schüler durften ihre Pädagogin duzen und mit 'Uschi' ansprechen. Als Rudiment der 70er-Jahre-Frauenbewegung wirkte sie jetzt, zwanzig Jahre später, wie die comicartige Überzeichnung einer Emanze. Ohne Wimpernzucken überquerte sie die Zebrastreifin, verlangte in der Frauenkneipe nach einer Zuckerstreuerin und lebte im Einklang mit den Phasen der Mondin.
Gewalt trifft immer Frauen, hieß ihre Maxime, obwohl Männer die meisten Opfer stellten. Wir erkämpften uns das Wahlrecht, behauptete sie gern. Dabei wurde dieses Recht 1918 von Bauern, Soldaten und Matrosen durchgesetzt, die vorher auch nicht wählen durften.

Uschi liebte ihren bärtigen und weichgespült wirkenden Freund, von dessen fehlendem handwerklichen Geschick sie herablassend berichtete. Keinen Nagel schlägt der gerade in die Wand, aber den Hammer halten kann ich als Frau selbst und es gibt Wichtigeres in der Welt, verkündete sie trotzig ihr Selbstverständnis.

Der Freund, das war 'der Günter', durfte sie freitags nach dem Unterricht abholen und grüßte bei dieser Gelegenheit unbeholfen-artig. Eine eigenwillige Kombination, dachte Tim, wenn Günter in selbst gestricktem Norweger-Pullover, verschlissener Breitcordhose und weinroten *Birkenstock*-Schuhen vor ihm stand.

Die Diskriminierung der Frauen beginnt schon bei einseitiger Verwendung der Sprache, wetterte Uschi, angespannt vor den Schülern hin und her laufend. Sprecht also künftig nicht von Feuerwehr*männern*, sondern gefälligst von Feuerwehr*leuten*!
Es gibt doch gar keine Feuerwehrfrauen, wandte Tim spontan ein, die Arbeit ist viel zu schwer und gefährlich.
Er musste sich aber belehren lassen, dass im Rahmen der Gleichberechtigung auch Frauen Zugang zu diesen Berufen haben. Beim Wort *Täter* war seine Lehrerin uninteressiert, einen geschlechtsneutralen Ausdruck zu finden.

Die Schüler freuten sich, wenn Uschi neben trockener Schulbildung nach behördlichem Lehrplan anderweitig Wissenswertes zum Besten gab. Bildreiche Schilderungen aus vergangenen Zeiten trug sie fesselnd vor und war bei diesen Themen wirklich keine Spaßbremse. Ihre Berichte vom ersten Weltkrieg, von Kanonendonner und blutigem Gemetzel klangen, als hätte sie das Getümmel mit Mühe selbst überlebt. Dabei wurde Uschi erst in der schlechten Zeit nach dem zweiten Weltkrieg geboren. Grausamkeiten sparte sie ungern aus und die Schlusspointen ihrer Geschichten winkten mit mahnend erhobenem Zeigefinger.

Detailreich erzählte sie vom Schicksal des britischen Truppentransporters *HMS Birkenhead* vor hundertfünfzig Jahren. An der haiverseuchten Küste Südafrikas lief das Schiff auf Grund und begann schnell zu sinken. Ohne Moral sollte auch diese Havarie nicht enden:

Dem verantwortungsbewussten Oberstleutnant Alexander Seton und seinen tapferen Soldaten sei bei Schiffsuntergängen der Ruf *Frauen und Kinder zuerst* zu verdanken. Das Transportschiff *Birkenhead* hatte zu wenige Rettungsboote an Bord, die bestiegen Frauen mit Kindern. Sämtliche Männer opferten sich dem Tod durch Ertrinken oder endeten als Haispeise. Bis dahin habe gegolten: Jeder ist sich selbst der Nächste.

Tim meldete sich, kam an die Reihe und fragte, welche Gründe die Soldaten zu so viel Nächstenliebe veranlasst hätten. Eine eifrige Mitschülerin, die stämmige und unsportliche Birte mit blondem Bürstenhaarschnitt, mischte sich ein.

Sie fand seine Fragestellung einfältig und gab schnippisch zur Antwort, dass Frauen und kleine Kinder besonders schwach seien und deshalb nicht ertrinken dürften. Uschi schien zufrieden mit dem Diskussionsverlauf, aber Tim ließ nicht locker.

Als er wissen wollte, weshalb schwache Frauen schützenswerter sein sollten als starke Männer, wurde sie ungehalten und klemmte sich mit energischer Geste eine Haarsträhne hinter das rechte Ohr. Mit herabgezogenen Mundwinkeln erklärte sie in endgültigem Tonfall, Frauen seien den Männern von Natur aus körperlich unterlegen und ihre ausnahmsweise Bevorzugung in Notsituationen sei eine enorme kulturelle Errungenschaft. Frauen hätten es schwerer, weil sie sich seit Jahrhunderten um die Kindererziehung und den Haushalt kümmern müssten. *...während Männer es nur auf ihr eigenes Vergnügen abgesehen haben*, dachte Tim den Satz weiter, wie seine Mutter ihn vollendet hätte. Er hatte das Gefühl, einem Pamphlet zuzuhören. Wenigstens war der Ruf *Frauen und Kinder zuerst* kein Erfolg der Frauenbewegung, sondern Kerlen eingefallen. Uschi und Christiane würden sich gut miteinander verstehen.

Ertrinken dürfte für die Männer der *Birkenhead* kein reines Vergnügen gewesen sein, mutmaßte er. Herr Schultz, sein strenger Biologielehrer, würde diese Meinung teilen. Der lehrte nämlich, dass nach Darwins Erkenntnissen der Starke überleben und der Schwache untergehen solle. Diese Theorien bezogen sich wohl nicht auf Schiffsuntergänge.
Außerdem waren Herr Schultz und Charles Darwin Männer.

Tims wachgekitzeltem Widerspruchsgeist ließ das Thema innerlich keine Ruhe. Zuende gedacht würde Uschis Antwort bedeuten, langfristig die genetische Qualität der Menschheit durch Bevorzugung der schwächeren Mitglieder zu verschlechtern. Solche unpassenden Überlegungen stellt man besser leise an, dachte Tim. Wenigstens dann, wenn man es sich nicht mit Uschi verscherzen wollte. Er brauchte ihre Sympathie für einen passablen Notendurchschnitt, auch wenn er ihr liberales Geduze mit den Schülern anbiedernd und peinlich fand.

Er freute sich über das schrill-blecherne Läuten der altersschwachen, aber trotz Schwäche noch lebendigen Pausenklingel.

Seine Freude sollte nur eine Minute währen, denn Mutter Christiane hatte ihm Schnittchen aus Graubrot mit fein gewiegter Mettwurst in Pergamentpapier eingepackt, verziert mit zwischenzeitlich zermatschten Tomatenscheiben. Angeekelt warf Tim das Brot in den Papierkorb. Er lief in die Pausenhalle und kaufte sich am Automaten einen Schokoriegel mit enorm gesunden Cerealien und dem Besten aus einem Viertelliter Milch. Nachdem er den Riegel verknuspert hatte, fühlte er sich besser. Gestärkt für den stark frauenorientierten Deutschunterricht mit dem Thema *Frauen und Literatur im Wandel*, den ebenfalls die engagierte Uschi Müller-Schegoleit leitete.

Sie aalt sich in ihrem Element, flüsterte Tim seinem Tischnachbarn zu. Zwei höchst unterschiedliche Werke sollten durchgearbeitet und in ihrer Intention miteinander verglichen werden. Zunächst *Der kleine Unterschied und seine großen Folgen* von der mit dem Bundesverdienstkreuz geehrten Alice Schwarzer, ein knappes Vierteljahrhundert alt. Danach sollte *Nora oder ein Puppenheim* von Henrik Ibsen an der Reihe sein. Tim wusste bereits, dass er dem männlichen Tätergeschlecht angehörte, denn die lebensnahen Ausarbeitungen von Alice Schwarzer waren schon öfter Unterrichtsgegenstand gewesen.

Erster Beischlaf als Pflichtübung im Ritual des Frauwerdens. Keine tut es aus Lust, alle tun es aus Angst, stand da im *Kleinen Unterschied*.

Und: *Viele empfinden ihre sexuellen Kontakte mit dem Ehemann oder Freund als Prostitution. Renate A.: 'Ich weiß ja, dass jede Frau 'ne Hure ist für ihren Mann.'*

Er begann, den oft gespürten Unmut seiner ledigen Mutter nachzufühlen, weil sie trotz Einsamkeit niemals geheiratet worden war.

Denn *geheiratet wird* laut Alice Schwarzer *fast immer in Situationen, in denen die Frauen einsam sind und mutlos. Mit der Ehe versuchen sie, sich ein wenig Sicherheit und Bestätigung zu erkaufen.*

Tim fühlte sich unbehaglich. Weshalb wollte jemand in einer Phase der einsamen Mutlosigkeit ausgerechnet von seinem Unterdrücker Bestätigung kaufen und ihn heiraten? Christiane hatte sich eine richtige Familie erträumt und hätte deswegen eine Ehe mit seinem Vater begrüßt. Wenn sie dessen neue Freundin aber als Schlampe titulierte und sich in stundenlangen Beschimpfungen erging, hatte er das nicht als mutloses Zeichen gewertet.

In Erinnerung an die Zurechtweisung im Gemeinschaftskunde-Unterricht und mit Blick auf Bürstenhaar-Birte verzichtete er auf unerwünschte Diskussionsbeiträge, wenngleich es in ihm rumorte.

Das Unterrichtsgespräch plätscherte vor sich hin. Uschi und die Schüler einigten sich, dass trotz winziger Fortschritte seit Schwarzers Anklageschrift von 1975 noch unendlich viel in der Frauenförderung getan werden müsste.

Tim schwor sich halb überzeugt, es besser zu machen als die anderen Männer und als sein Vater.

Er würde kein Tier sein, er würde die Frauen verstehen, sie gut behandeln, rücksichtsvoll sein und nicht mit ihnen schlafen wollen. Bestimmt.

Er würde auch für sie ertrinken. Vielleicht.

Henrik Ibsens Theaterstück *Nora* aus dem Jahr 1880 war schwieriger zu handhaben. Obwohl von einem Mann geschrieben, zeigte es überdeutlich, wie entbehrungsreich und unerträglich sich ein Frauenlos in früheren Zeiten gestaltete. Die Schüler lasen etwas stockend mit verteilten Rollen, Tim war davongekommen und hörte zu. Zum Schluss las die blonde Birte Noras Text unfreiwillig komisch, weil betonungslos-leiernd vor:

Ich war recht vergnügt, wenn du mit mir spieltest, so wie die Kinder vergnügt waren, wenn ich mit ihnen spielte. Das war unsere Ehe, Torvald.

Nora will dann versuchen, außerhalb ihres Puppenheims ein selbständiger Mensch mit eigenen Gedanken und Erfahrungen zu werden. Als ihr Mann sie an ihre Pflichten als Gattin und Mutter erinnert, kontert sie mit dem Hinweis auf die Pflicht gegenüber sich selbst. Sie verlässt ihre Kinder und ihren Mann, den sie nicht mehr liebt.

Der Unterricht plätscherte jetzt nicht mehr, zu offenkundig waren Ungerechtigkeiten und allgegenwärtiges Frauenleid geworden. Nora als Männerspielzeug.

Zwei nach Geschlechtern getrennte Lager entstanden. Sämtliche Schülerinnen überboten sich mit Beschimpfungen von egoistischen Macho-Männern, die Frauen keine eigenständige Entwicklung erlauben mochten, und zeigten sich erschüttert. Die Jungen beurteilten das Theaterstück differenzierter. Nora sticht der Hafer, weil es ihr zu gut geht, rief einer und bewarf die Mädchen mit Papierkügelchen und Orangenschalen. Sie warfen die Geschosse zurück.

Jetzt zeigte Ursula Müller-Schegoleit allen, wo der Hammer hing, die Stelle kannte sie von daheim. Es konnte ausschließlich eine korrekte Einstellung geben: ihre eigene. Sie erreichte die im Lehrplan vorgegebenen Lernziele und nach wenigen Minuten herrschte Einigkeit: *Frauen und Kinder zuerst!*

Zum Abschluss der Stunde erhob sie wieder ihren moralischen Zeigefinger: Männer behaupten nicht nur im Scherz, Gleichberechtigung würde von Vogelscheuchen gefordert, damit hässliche und unverheiratete Frauen zu ihrem Recht kämen. Solche Unverschämtheiten wären ganz und gar unerträglich, jeder Frau würde natürliche Schönheit innewohnen. Ich selbst wollte auch nie heiraten, beteuerte sie, eine Frau ohne Mann ist wie ein Fisch ohne Fahrrad!
Ihr sollt es einmal besser machen, lauteten Uschis Schlussworte für diesen Tag, eher an die Jungen gerichtet. Mit der flachen Hand schlug sie kurz auf das Pult, um ihre Worte zu unterstreichen.

Tim versuchte zu finden, dass seine weiblichen Guppys ansehnliche Tiere waren. Sie übertrafen die bunten Männchen deutlich an Größe. Trotz seiner sechzehn Lebensjahre hatte das Interesse an weiblichen Formen noch keinen Sieg davon getragen. Es fiel ihm schwer, die Weibchen zu bewundern, denn sie sahen einfach hässlich aus.

Ihn begeisterte aber die gestellte Hausaufgabe, zu Hause den Computer einzuschalten und im weltweiten Netz zu recherchieren. Würde sich in Text und Darstellung des neuen Mediums Internet eine Verbesserung für Frauen feststellen lassen? Eigene Gedanken sollten einfließen.

Kaum, dass Tim bei Christiane angekommen und das kühn als Mittagessen bezeichnete Nudel-Fertiggericht *Miracoli* verschlungen hatte, stürmte er an seinen Computer und drückte auf den grünen Power-On-Schalter. Nachdem der Rechner langsam das Betriebssystem Windows hochgefahren hatte, klappte es schnell mit der Internetverbindung.

Ohne mit einem Ergebnis zu rechnen, gab Tim die Worte *Alice* und *Schwarzer* in eine Suchmaschine ein. Zu seiner Überraschung fand er dreiundzwanzig Seiten mit Beiträgen der Frauenkämpferin. Und zu seinem Entsetzen schien sich in den vergangenen Jahrzehnten keine Nuance am Schicksal der Frauen geändert zu haben:

Ich stehe am Fenster und schaue runter: Rechts die Gegner des Rassismus, 50 Meter weiter links der Tatort des Sexismus. Noch vor 24 Stunden hatte Angelika Bayer da gelegen, erwürgt. Hätte da statt ihrer ein Türke oder ein Schwarzer gelegen, wäre dieser Ort jetzt zu Recht das Ziel des antirassistischen Protestes von Tausenden: Kerzen, Blumen, Blitzlichter und TV-Kameras. Seht her, hier ist er gestorben, und ihr habt es zugelassen! Ihr alle seid mit Schuld. Nicht nur die Täter. Auch ihr potentiellen Täter. Auch ihr Gleichgültigen. Auch ihr, die ihr es bagatellisiert. Und ihr, die ihr die Augen zumacht. Aber da lag kein Fremder. Da lag nur eine Frau, Angehörige einer Spezies, die Männern wohlvertraut ist, las er unter www.aliceschwarzer.de.

Türken und Schwarze besaßen in den Augen der wegsehenden Menschen höheren Wert als ein Frauenleben. Und noch immer litten alle weiblichen Wesen unter der männerdominierten Diktatur:

Alles machen die Männer ... Sogar die Mode ... In diesem Sommer haben sie uns kurze Röcke diktiert und was passiert? Man wird

mit Blicken ausgezogen. Man will den Männern ja gefallen. Und
so wird man dann da hinein gepresst ... , hieß es weiter.

Tim zog das kleine, gelbe Reclam-Heftchen mit Ibsens *Nora*
hervor. Ungläubig nahm er zur Kenntnis, dass nach über
einhundert Jahren die modernen Noras von heute noch
schlimmer unter männlicher Fuchtel litten als früher.
Nichts hatte sich geändert, im Gegenteil.

Nachdenklich schaltete er den Computer aus, wandte sich
seinem leise blubbernden Aquarium zu und bewunderte
neidisch das friedliche Zusammenleben der Fische. Als er
mit dem Zeigefinger die Scheibe berührte, kamen die Tierchen
in der Hoffnung auf eine Futterration aufgeregt ange-
schwommen. Sie gingen leer aus.
Tim sinnierte eine halbe Stunde über die Ordnung in seiner
kleinen Wasserwelt, in der es keine Unterdrückung gab. Ob
es ein Zusammenleben der Menschen ohne Ausbeutung
geben konnte? Unter Umständen in einer Welt ohne Zah-
lungsmittel und ohne Konservierungsmöglichkeiten für
Essbares. Fische besaßen kein Geld, aber genügend Nahrung.
Wenn weder Speisen noch Geld gehortet werden könnten,
wäre Gleichheit erreicht, satter als satt würde niemand sein
wollen. Den armen Frauen ginge es besser, denn sie könnten
oder müssten sich keine Bestätigung erkaufen.

Er sah die stummen Fische friedvoll umherschwimmen.
Würde Menschen die Sprache genommen, könnte vielleicht
Frieden einkehren. Guppys kamen sprachlos zurecht. Uschi
und Christiane ohne Stimmen, eine entspannte und ruhige
Welt. Sound of Silence.

Tim bemerkte die Realitätsferne seiner Illusion und beschloss, Christianes Eichenschrankwand im Wohnzimmer und die Bibliothek in der Schule nach philosophischen Büchern zu durchstöbern. Große Geister waren bestimmt auf ähnliche Gedanken gekommen.

Einen Tag später besprach Uschi in der Deutschstunde die Ergebnisse der Hausaufgabe. Jungen und Mädchen waren zu ähnlich lautenden Erkenntnissen gekommen, es gab ja nur ein einziges Internet. Die Stunde dümpelte daher nicht sonderlich spannend dahin.

Plötzlich knarrte die hölzerne Klassenzimmertür. Die Schüler verstummten und sahen gebannt zu, wie sich die Tür einen Spalt breit öffnete. In Zeitlupe wurde sie halb aufgemacht und zum Vorschein kam − Christiane. Suchend sahen ihre Augen in die Runde. Sie entdeckte Tim, hielt einen hellen Leinenbeutel hoch, warf Uschi einen entschuldigenden Blick zu und bahnte sich an den Tischen vorbei einen Weg zu ihrem Sohn. Das hattest Du vergessen, flüsterte Christiane und legte ihm sein Pausenbrot auf den Tisch. Dann winkte sie Uschi zu und war wieder durch die knarrende Tür verschwunden.

Schön, dass Mutti Dir Brot gebracht hat, Deine Pausbacken sollen groß und stark werden, ätzte sein bebrillter Tischnachbar und knuffte ihn kräftig in die Seite. Alle anderen grinsten, Birte lachte. Tim wäre am liebsten im Boden versunken, so peinlich berührte ihn der Auftritt seiner Mutter. Schnell packte er sein Brot in die Schultasche und war froh, dass der Unterricht weiterging.

Uschi benotete seine Hausaufgabe schlecht. Zwar hatte er nach ihrer Meinung die bedrückenden Erkenntnisse aus dem Internet treffend niedergeschrieben, allerdings ohne genügende Beachtung der deutschen Rechtschreibung.

Außerdem musste er sich fatale Unsachlichkeit vorwerfen lassen: Zum Prügeln gehörten zwei Menschen, ein Prügelnder und einer, der sich Prügel gefallen ließ, hatte Tim geschrieben.

Nach vielen Jahrtausenden, in denen Frauen geschlagen und missbraucht worden waren, wäre eine Solidarisierung und eine gemeinschaftliche Abschottung vor den Männern angemessen gewesen. Frauen wollten aber trotz aller Schändungen Männer heiraten und nicht Frauen. Daher träfe sie eine Mitschuld an ihrem Schicksal.

Uschi lief aufgeregt hin und her und bekam hektische rote Flecken auf den Wangen. Mit diesem vorgestrigen, chauvinistischen Gedankengut hast Du kilometerweit am Thema vorbei geschrieben, trotz allein erziehender Mutter, schimpfte sie, demnächst ist ein Mädchen im Minirock wohl selbst schuld an seiner Vergewaltigung. Schade, vier plus.

Dem Einwand, dass unbekleidete Mädchen nicht auf das *Playboy*-Titelblatt gezwungen wurden und dass sich Einbruchsopfer, wenn sie Türen und Fenster unverschlossen ließen, auch eine Mitschuld traf, begegnete sie mit einer wegwerfenden Handbewegung und den entgeisterten Worten: unfassbar falsch!

Tim hatte sich viel Mühe gegeben und war wegen der Vier plus enttäuscht. Er kam zu dem Schluss, dass Sprachlosigkeit eine gute Lösung für die Probleme der Welt wäre.

Sobald Musik den ersten kräftigen Schritt tut, um nach außen zu wirken, so regt sie den uns angeborenen Rhythmus gewaltig auf, Schritt, Tanz, Gesang und Jauchzen. (Goethe)

IV

G *riechischer Wein ist so wie das Blut der Erde, schenk noch mal ein* — mit Lautstärke und gedehnter Aussprache versuchte der Alleinunterhalter an seiner Hammondorgel, fehlendes Gesangstalent vergessen zu machen. Der Versuch misslang nach Tims Geschmack gründlich.

Entsetzlicher Krach schlug ihm dröhnend entgegen, als er mit Christiane die Lobby des Hotels SEEMÖWE betrat.

Rechts neben der holzfurnierten Rezeptionstheke hatte der bärtige Entertainer namens *Swinging Thorsten* seine elektronische Orgel mit eingebautem Schlagzeugsound aufgestellt und gab Gassenhauer zum Besten. Eine Omnibusladung voller Senioren erfreute sich an Gesang und rhythmusbetonter Tanzmusik. Alle prusteten orkanartig über südlich der Gürtellinie angesiedelte Witzchen, mit denen die selbst ernannte Stimmungskanone Thorsten in musikalischen Pausen aufwartete.

Es wurde getanzt und geschunkelt, resolute weißhaarige Frauen schleiften wenige Herren durch die Lobby. Da die nach viel *4711* duftenden Damen in der Mehrzahl waren, saßen die überzähligen Mauerblümchen auf Sesseln und Barhockern. Sie bewegten ihre hoch erhobenen Arme ausgelassen im Takt. Gewollte Fröhlichkeit widerte Tim an.

Ja, wenn wir alle Englein wären, sang Thorsten immer einen Halbton zu tief und die Omas grölten trunken mit. Sie kreischten umso lauter, je mehr grauen Küstennebel-Likör und Doppelkorn mit Pflaume sie genossen hatten.

Christiane lächelte und wippte ein bisschen, sie hätte wohl gerne mitgetanzt und mitgejohlt. Dabei wusste Tim, dass sie laute Musik als Belästigung empfand. Sie sprach oft gleich lautende Ermahnungen aus, wenn er ihrer Meinung nach den Lautstärkeregler der heimischen Stereoanlage zu hoch positioniert hatte. Dabei hörte er seine Popmusik im Vergleich zu Thorstens Geschrammel leise und grölte auch nicht dazu.

Die beiden hatten größte Mühe, sich heil einen Weg durch die tanzende Menge in ihr Zimmer zu bahnen. Auf halber Strecke wurde Tim von einer Nichttanz-Oma spontan umarmt und mit den Worten *Du bist ja ein ganz Süßer* abgeknutscht. Erschrocken, angeekelt und fast erstickt vom intensiven *4711*-Duft fürchtete er eine Ohnmacht, konnte sich aber mit einer geschickten Drehung aus der Umklammerung befreien.

Im Zimmer angekommen, hörten sie noch Swinging Thorstens Darbietung von *Männer sind Schweine* — der Entertainer wollte sein Allroundtalent beweisen. Christiane zeigte ein spitzbübisch amüsiertes Gesicht, sie kannte den Text.

Die Sommerferien waren furchtbar.

Ursprünglich hatte Tim mit einem Schulfreund nach Hamburg fahren wollen, in die Jugendherberge am Stintfang. Großstadtluft schnuppern.

Seine Mutter verweigerte aber ihre Zustimmung, nachdem sich ein Schüler der Abiturklasse des Rosa-Luxemburg-Gymnasiums beim S-Bahn-Surfen schwere Verletzungen zugezogen hatte.

In Hamburg kletterten übermütige Jugendliche zum Spaß auf S-Bahn-Dächer und genossen mit weit ausgestreckten Armen den Fahrtwind samt Adrenalinkick. Oft gab es Verletzte. Auch der Schüler des RLG war beim Aussteigen bei voller Fahrt mit der Schulter gegen einen Strommast geprallt und unsanft vom Waggon gefallen.

Als Christiane davon Wind bekam, verbot sie Tim die Reise. Mein Sohn fährt da auf keinen Fall hin, sagte sie im schnarrenden Tonfall eines Oberbefehlshabers.
Dabei wollte er gar nicht S-Bahn-Surfen, er verstand nicht einmal die Beweggründe dafür. Die Beweggründe für das Bungeejumping genannte Springen von hohen Türmen verstand er auch nicht und die Leute taten es trotzdem.

Zum Ausgleich für den entgangenen Hamburg-Besuch hatte Christiane bei Neckermann eine Woche Urlaub an der Ostsee gebucht. Im billigen Hotel SEEMÖWE mit Vollpension und ohne Seeblick. Bereits beim Kofferpacken tauchten erste Meinungsverschiedenheiten auf.
Tim benötigte für sieben Tage eine Jeans, drei T-Shirts, fünf Paar Socken, ein paar blaue Turnschuhe. Dazu den portablen CD-Player und zehn aktuelle CDs, die Auswahl hatte er sich nicht leicht gemacht. Es genügte seine leichte Sporttasche.

Natürlich wusste Christiane in Ausfüllung ihrer Mutterrolle alles besser. Das ist zu wenig Kleidung, mäkelte sie. Du brauchst einen Schlafanzug, Unterhosen, Unterhemden und eine ordentliche Stoffhose. Damit füllte sie einen Lederkoffer. Ihr kamen immer mehr Dinge in den Kopf, die für Tim auf der Reise unentbehrlich wären. Am Ende war der Koffer kaum zu schließen gewesen und so gewichtig, dass Tim ihn nur mit großer Kraftanstrengung tragen konnte.

Nach vierstündiger Bahnfahrt im Hotel angekommen, säuberte Christiane mit Inbrunst die Badewanne und das WC. Sie besprühte beides großzügig mit dem Inhalt aus einer Literflasche Sagrotan. Tim erschloss sich das hohe Gewicht seines Koffers, zumal sie eine Zehner-Packung roter Wischtücher eingepackt hatte.

Das Hotelpersonal besteht aus Schmutzfinken und macht nicht richtig sauber, meinte sie, ohne gründliche Sauberkeit ist ein Urlaub kein Urlaub!

Christiane verwendete auch gern eigens mitgebrachte weiße Handtücher. Die Hotel-Handtücher mit blauem Seemöwe-Aufdruck könnten bakteriell verseucht sein, ebenso wie das Bettzeug. Zwar hatte Christiane keines mitgebracht, legte aber vor dem Schlafengehen eines ihrer eigenen Handtücher auf das Kopfkissen: Man konnte schließlich nie wissen, welche ansteckenden Krankheiten der vorherige, womöglich ungewaschene Besucher verbreitete. Sie fürchtete Kopfläuse und Krätze.

Die Serviererinnen mit den weißen Spitzenschürzen und die Köchin waren hübsch anzusehen, kulinarische Köstlichkeiten hatte die Hotelküche jedoch nicht zu bieten. Die Gerichte strahlten fettige Eintönigkeit und den Charme von Fertigkost aus, enthielten aber eine Salatbeilage.

Wiener Schnitzel mit Salzkartoffeln *und Salatbeilage*. Schweinekotelett mit Leipziger Allerlei *und Salatbeilage*. Rinderbraten mit Erbsen und Wurzeln *und Salatbeilage*. Tim hasste die Salatbeilage.

Sie bestand immer aus einem großen Blatt Eisbergsalat, einem hellroten Tomatenschnitz, fünf bis sechs eingelegten Gurkenscheiben und müdem Krautsalat. Die ambitionierte Küche würzte sparsam, der Salat schwamm in viel Essig und wenig Öl. Gaumenfalten und Mandeln zogen sich, erschreckt von der Säuerlichkeit, nach dem ersten Bissen sofort zusammen.

Salat ist wegen der vielen Vitamine furchtbar gesund, belehrte Christiane ihn eifernd und drängte bei jeder Mahlzeit zum Verzehr des traurigen Grünzeugs.
Es würde viele Dinge geben, die Frauen besser meistern könnten als Männer, die Welt bräuchte nicht nur Sammler und Jäger, betonte sie. Die Köchin würde brillant kochen und selbst einem um Klassen besseren Hotel zur Ehre gereichen. Um sich vorsichtig an der Nase zu kratzen, legte sie die Gabel beiseite und schüttete sodann eine gehörige Portion Salz plus vier Spritzer Maggi-Würze über ihr Essen.

Tim hatte sie ungezogenes Verhalten bei Tisch verboten. Christiane aber sprach gern beim Kauen und verbreitete schmatzend ihre Erkenntnisse. Dabei lief ihr ein schmaler Bach von der Essig-und-Öl-Tunke aus den Mundwinkeln und rann bis zum Kinn herab. Der Mittagstisch mundete ihr offenkundig ausgezeichnet.

Erträglich fand Tim bloß das Frühstück.
Sie bekamen weder Graubrot noch Wurstscheiben, sondern abgezählte Brötchen, Einfach-Marmelade, Nutella-Ersatz-Creme, picknickharte Eier, lauwarmen Kaffee in Thermoskannen und Orangen-Getränk aus Konzentrat. In einer metallenen Warmhalte-Schüssel standen Rührei, gebratener

Speck und fette Würstchen zur Verfügung. Die Gäste durften wählen zwischen Butter und cholesterinsenkender Diät-Margarine. Christiane nahm die Diät-Margarine.

Am Nebentisch saß ein behinderter junger Mann in seinem lilafarbenen Rollstuhl. Darin angeschnallt, um ein Herausfallen zu verhindern, war der junge Mann nicht Herr seiner Bewegungen und zuckte zuweilen wild mit den Armen. Er traf mit seinem Brötchen selten den Mund, meistens großräumig Gesicht und Oberkörper.

Tim wusste nicht, ob er hin- oder weggucken sollte. Als er schließlich hinsah, hatte sich der Rollstuhlfahrer das Gesicht, die schwarze Hornbrille und seinen Pullover ungleichmäßig mit Nutella eingeschmiert. Nur ein Vollbad in der Autowaschanlage hätte geholfen.

Der Behinderte sah zum Erbarmen aus, aber auch komisch und Tim stieß Christiane an. Sieh' da nicht so hin, wies sie ihn flüsternd zurecht.

Einigermaßen erholsam gestaltete sich das Strandleben, die Sonne schien warm. Manchmal wehte eine angenehm kühlende Brise von der blauen Ostsee her und trieb glibberige Quallen an. Kleine Kinder spielten, indem sie sich schreiend damit bewarfen, sehr zum Unmut ihrer Eltern.

Tim lag, so oft es ging, geruhsam im weißlackierten Strandkorb mit der schwarzen Aufschrift *Seemöwe 38*, kaute Kaugummi mit künstlichem Kirscharoma und las. Sein Vater hatte ihm heimlich einen Geldschein zugesteckt, damit er sich im Urlaub etwas Schönes kaufen konnte.

Tim entschied sich für eine dickleibige Computer-Zeitschrift, denn die *Bravo* wäre ihm peinlich gewesen. Als seine Mutter das sah, erging sie sich wieder in Belehrungen. Ich war früher nicht so unpolitisch und unkritisch auf schnellen Konsum ausgerichtet, stellte sie fest, damals haben Jugendliche den *Arbeiterkampf* und die *Courage* gekauft.

Leider konnte sie nichts über den Inhalt dieser Zeitungen wiedergeben, es war zu lange her. Sie bestand aber darauf, dass besonders die *Courage* unheimlich wichtig gewesen sei. Nicht so oberflächlich.

Ich war jung, mein Herz war voll Schwung und hatte nur Platz für Mao-Tse-Tung, verfiel Christiane in einen Singsang. Gegen Atomkraftwerke hätten sie damals alle engagiert gestritten, sogar in Brokdorf am Bauzaun demonstriert.

Die Dinger wurden doch trotzdem gebaut und laufen bis heute, erwiderte Tim trotzig und erntete einen erzieherischen Blick.

Zu seinem Unglück trafen sie auf dem Heimweg auch noch Bürstenschnitt-Birte mit ihrer Mutter am Strand. Tim fragte sich, wie weit sein Pech auf der nach oben offenen Skala wohl ausschlagen würde. Ausgerechnet Birte. Sie trug auf braungebrannter Haut einen strammen kobaltblauen Badeanzug und lud Tim ein, am Schachspielabend in der Kurhalle teilzunehmen. Tim machte ein verdrießliches Gesicht und lehnte unfreundlich ab.

Christiane verstand sein Verhalten überhaupt nicht.

Endlich ein nettes Mädchen, das weiß, was es will und einen patenten Eindruck macht, sagte sie begeistert. Dazu noch dieser praktische und flotte Kurzhaarschnitt. Mit so einer könne man wenigstens reden.

Tim wollte nicht mit so einer Birte reden.

Und er sah seine Mutter mehr und mehr als säuerliche Salatbeilage seines Lebens. Dann lieber keine Vitamine.

Für weniger schöne Tage unterhielt der kleine Seeort einen Zoo. Christiane legte die Kurkarten vor und bekam leicht ermäßigte Eintrittspreise gewährt. Die ältere und in Maßen gepflegte Einrichtung mit großem Parkplatz lag abseits der Promenade in einem Waldstück.

Hier war es merklich kühler als im geschützten Strandkorb.

Dieser Tierpark war nicht riesig, beheimatete aber immerhin ein Wisent und zwei Tiger. Esel, Kamele und Pferde lebten hinter groben Bretterverschlägen und ließen sich von Tim geduldig streicheln. Sie hätten offenbar gern etwas zu Fressen bekommen, aber leider war Füttern verboten.

Ein eigenes Gehege mit bananenförmigem Teich bewohnten die Großvögel. Pelikane, Reiher und Störche. Die Umzäunung stellte mit fünfzig Zentimetern Höhe kein Hindernis für größeres Geflügel dar.

Zwei riesige Pelikane saßen träge auf dem Zaun und putzten hingebungsvoll ihr Gefieder, einige Reiher durchstöberten den Fußweg nach Nahrhaftem. Tim und Christiane trauten sich nicht recht vorwärts und zögerten, denn der Weg bot nicht ausreichend Platz für Mensch *und* Tier.

Überraschend sprangen die Vögel in ihr Gehege zurück. Mit schnellen Schritten näherte sich eine schlanke, grün behoste Tierpflegerin. Sie zog einen Handwagen aus verzinktem Metall, mit dem sie tote Fische in Sardinengröße, Weintrauben, klein geschnittene Äpfel und Körnerfutter transportierte. Pelikane und Reiher schienen zu wissen, dass ihre Ration nicht auf dem Fußweg verteilt werden würde.

Ein großer und ungewöhnlich dicker Reiher hatte zwar den Sprung über den Maschendrahtzaun gewagt, schaffte aber den Rückweg nicht. Er sah seine Artgenossen auf der anderen

Seite und sprang aufgeregt nicht über, sondern immer wieder gegen den Zaun. Mehrere verzweifelte Versuche misslangen.

Um ihn nicht weiter zu verstören, zogen sich Tim und Christiane fünf Meter zurück. Sie setzten sich auf eine hölzerne Besucherbank, nachdem Christiane die Sitzfläche sorgfältig auf Schmutz untersucht und mit einem Papiertaschentuch abgewischt hatte. Der Reiher entfernte sich mit kleinen Schritten einen Meter vom Zaun, nahm Anlauf und rannte erneut dagegen. Er wurde zusehends unruhiger, weil er nicht zu den anderen Vögeln stoßen konnte. Mit sorgenvollem Gesichtsausdruck stellte die Pflegerin ihren Handwagen ab. Etwas schüchtern und vergeblich mühte sie sich, das verschreckte Tier einzufangen.

Eine zweite, deutlich drallere Grünbehoste näherte sich, bemerkte das Problem und versuchte zu helfen. Jetzt kreisten beide mit schleichenden Bewegungen den nervösen Reiher ein.
Siehst Du, sagte Christiane leise zu Tim, die Frauen, die schaffen das.
Der Vogel wirkte zusehends erschöpfter, ließ sich jedoch nicht einfangen und schimpfte laut quiekend. Zwanzig Minuten lang diskutierten die Pflegerinnen über mögliche Problemlösungen und denkbare Strategien. In dieser Zeit hetzten sie das Tier und animierten es mit aufscheuchenden Armbewegungen, über den Zaun zu springen.

Eine dritte Pflegekraft in Latzhose betrat das Gelände, ein kräftiger und breitschultriger Mann. Er sah sich die Szene kurz an, ging ohne Eile auf den Reiher zu, griff ihn mit der rechten Hand am Hals und setzte ihn schnell ins Gehege.

Nach ein paar freundlichen Worten zu den Tierpflegerinnen ging er seines Weges. Die Frauen diskutierten noch einige Minuten über die Situation.

Manchmal, dachte Tim, braucht die Welt eben doch Jäger und Sammler.

Im Hotelzimmer hörten sie trotz geschlossener Tür immer noch Swinging Thorstens *Männer sind Schweine*. Tim warf sich, noch mit Jeans, T-Shirt und Baseballkappe bekleidet, rückwärts auf sein Bett.

Glücklicherweise hatte er eine Beistellliege bekommen und musste nicht mit seiner Mutter das Doppelbett teilen. In dem Fall hätte er noch weniger Schlaf gefunden als ohnedies. Laken und Bezüge bestanden aus gestärkter und laut knisternder Baumwolle. Christiane schlief unruhig und jede Drehung hörte sich an, als würde ein Kamel Cornflakes knuspern.

Tim stöberte im wackeligen Nachtschrank und ergriff ein dickes, gebundenes Buch. Zu seinem Erstaunen eine Bibel, in Deutscher und Englischer Sprache. *Die Weisheit der Frauen baut ihr Haus; aber ihre Torheit reißt's nieder mit eigenen Händen*, las er und fühlte sich getröstet. Irgendwie würde er diesen Urlaub überstehen, selbst wenn er sich zu alt für einen Urlaub mit der eigenen Mutter fühlte.

Auf diese Weise wäret ihr Frauen wohl unüberwindlich [...]: erst verständig, dass man nicht widersprechen kann, liebevoll, dass man sich gern hingibt, gefühlvoll, dass man euch nicht weh tun mag, ahnungsvoll, dass man erschrickt. (Goethe)

V

Tim wurde gelegentlich als Spätzünder gehänselt: Erst im fortgeschrittenen Alter von siebzehn Jahren lernte er seine Freundin kennen. Dieses Kennenlernen ging schüchtern vonstatten und begann mit schmachtenden Blicken in der Tanzschule. Sein Vater hatte spöttisch vom Erstkontakt mit dem besten Feind gesprochen.

Susanne hieß die junge Dame und Susanne sah bemerkenswert hübsch aus. Sie hatte lange, schwarzgelockte Haare mit einem schwachen Blauschimmer. Ihre großen, dunklen Augen wirkten beinahe hypnotisch. Von der Figur her entsprach sie dem Typ Mädchen, nach dem sich nicht nur Bauarbeiter gern umdrehten.

Das schon in die Jahre gekommene Tanzlehrer-Ehepaar strengte sich an, seinen ungelenken Schülern mehr als die Schrittfolgen des Dreivierteltakts nahezubringen. Zusätzlich stand in kurzen Tanzpausen die Einübung guten Benehmens auf der Tagesordnung.
Das gute Benehmen nahm seinen Anfang lange vor dem Tanzen, denn Damenwahl war trotz landesweit grassierender Gleichberechtigungsversuche verpönt. Mädchen hatten still zu warten, bis sie jemand zum Tanz aufforderte. Sie durften höchstens scheu blinzeln — das Leben funktionierte sprachlos am besten.

Ansonsten verkündete die Tanzlehrerin ausgefeilte Regeln für die Herren der Schöpfung: Sie hätten ihre Gefährtin bei Tisch gut zu unterhalten, kein Knoblauch gegessen zu haben und überhaupt für frischen Atem zu sorgen. Das Aufhalten der Restauranttür sowie das Aus-Dem-Mantel-Helfen wäre eine Selbstverständlichkeit für solche, die nicht als ungehobelte Flegel im Leben scheitern wollten.

Tim hielt sich mit der rechten Hand schnell den Mund zu, um nicht laut lachend loszuprusten. Frauen waren unterdrückte Sklavinnen der Männer, seit wann half denn ein Unterdrücker seiner Sklavin aus dem Mantel?

Bei gemeinsamen Spaziergängen, fuhr die Tanzlehrerin mit hoher Stimme fort, muss ein Mann auf der Gefahrenseite des Fußwegs gehen, also auf der Seite, die dem Autoverkehr am nächsten ist.

Ein Gentleman trank im Restaurant den ersten Schluck nach dem Öffnen einer Weinflasche. Nicht, um proletengleich 'Erster!' rufen zu können, sondern um seiner Angebeteten vorzukosten: Korkengeschmack oder ein unedler Wein wären für die zarte Zunge unzumutbar. Den Damen waren unaufdringlich Türen zu öffnen, damit sie ungehindert weitergehen konnten.

Tim fühlte sich unwillkürlich an den Untergang des Truppentransporters *Birkenhead* aus dem Gemeinschaftskundeunterricht erinnert. Die Überlebensformel *Frauen und Kinder zuerst* galt in der Tanzschule wie auf Kriegsschiffen.

Sauren und vergifteten Wein aber durften Männer zuerst trinken. Wozu sonst war ein Mann als Mann auf die Welt gekommen?

Zum Müll-Hinaustragen und Spinnen-Töten.

Diese Gedanken verflogen schnell, als Susanne nach einem langsamen Walzer ihren Kopf vertrauensvoll an ihn schmiegte. Tim wurde angenehm warm, nicht nur an der so süß belasteten Schulter. Tausend lustvolle Gedanken explodierten in seinem Kopf. Ihm fielen die warnenden Worte von Christiane und Uschi wieder ein. Äußeres war unwichtig, von einem schönen Teller wurde niemand satt, auf innere Werte kam es an. Er umfasste vorsichtig Susannes Wespentaille und genoss das angenehme Gefühl. Die Stelle schien wie für seine Hand gemacht.

Um eine Doppelbelastung zu vermeiden, wollte er nach inneren Werten später forschen.

Er fürchtete, dass Susanne seine Nähe nicht mögen würde und sich ängstigen könnte. Schließlich wurde ihre Spezies seit Jahrhunderten von egoistischen Kerlen unterdrückt und benutzt.

Zwischen Tim und der bereits achtzehnjährigen Susanne entwickelte sich innerhalb zweier Wochen eine innige Liebesbeziehung. Tim schwebte auf dicken rosa Wolken: Ein schönes Mädchen ließ sich von ihm berühren und fand seine scheuen Zärtlichkeiten sogar angenehm. Forschende Finger an Knöpfen und Verschlüssen waren willkommen und stießen auf bereitwillige Unterstützung. Entweder war Susanne besonders ungewöhnlich veranlagt oder Alice Schwarzer hatte in ihrem rosafarben eingebundenen Buch gelogen.

Das eigene Unverständnis hinsichtlich der Männerblicke an der Bushaltestelle beim Guppykauf an seinem achten Geburtstag hatte er vergessen. Mädchen waren immer noch doof, als Torwart nicht zu gebrauchen und machten ihre

Hausaufgaben bestimmt ordentlich. Für einen Kuss hätte Tim jetzt aber freiwillig mit Puppen gespielt.

Er sah nichts Kritikwürdiges an Mädchen und daran, sich am Anblick Susannes langer Beine zu erfreuen, wenn sie im heißen August einen kurzen, geschlitzten Jeansrock trug.

Sie fühlte sich sichtlich ob seiner Blicke und Reaktionen geschmeichelt, klagte aber, dass jeder an ihr nur das Äußere schätzen würde. Immer nur das Äußere! Die inneren Werte, die wahre und wertvolle Persönlichkeit hinter der hübschen Fassade würde niemand beachten. Und richtige Gespräche mit Tiefgang führt kein Mensch mit mir!

Damit versuchte sie zu erklären, weshalb sie seit ihrem dreizehnten Lebensjahr täglich Alkohol in sich hinein-schüttete und *Gauloises* rauchte wie ein Schlot.

Ihre schwierige Kindheit sei wegen des schwierigen Vaters höchst unerfreulich verlaufen. Einzelheiten oder schreckliche Erlebnisse schilderte sie aber auch auf behutsame Fragen niemals.

Immer nur das Äußere, dachte Tim. Er fragte sich, wie die Welt funktionieren sollte, wenn Männer einer reizvollen Figur und zarter Haut keine Beachtung schenken würden. Intelligenz, Bücherwissen und patente Lebensweisheit wirkten mit gutem Grund nicht sexy, schließlich konnten alte Frauen keine Kinder bekommen.

Sobald Susanne in niedergeschlagener Stimmung den männlichen Beschützerinstinkt wachrief, fühlte sich Tim körperlich unwohl und schuldig. Schuldig an ihrer Kind-heit, an ihrem Vater, an allem. Zu sehr wurde er daran erinnert, was ihm die wichtigsten Frauen in seinem Leben, Mutter und Lehrerin, warnend über das bittere weibliche

Schicksal eingetrichtert hatten. Er wollte dem bedauernswerten Dasein seiner Freundin eine Wende zum Guten ermöglichen.

Andererseits zeigte sich Susanne empfänglich für intime Kuschelstunden und schien enges Zusammensein mit ihm keineswegs als lästige Pflichtübung anzusehen. Manchmal überraschte sie ihn mit einem Nichts an raffiniert geschnittener, weinroter Spitzenunterwäsche. Darin sah sie umwerfend aus, diese winzigen Stoffteile trug sie nie lange am Leib.
Möglicherweise hatte sie wie Tim die Schriften von Alice Schwarzer gelesen und spielte einen überzeugenden Orgasmus vor, um nicht als frigide zu gelten und um sich seine Liebe zu erkaufen.
Sie nahm unkompliziert die 'Pille', daher war Tim von Sorgen um die Verhütung befreit. Ein bequemes und schönes Leben.

Manchmal glaubte sich Tim beim Spagat:
Er wollte Susanne anfassen, ihren Duft einsaugen, ihre zarte Haut spüren und mit ihr schlafen, ohne ein Gefühl besonderer Liebe in diesem Moment.
Bedeutete dieser schmutzige Wunsch nicht das verwerflich-egoistische Vergnügen, vor dem man ihn gewarnt hatte und das die Ausbeutung entrechteter Frauen bedeutete? Zu seiner Verwunderung machten Mädchen sich viel Mühe mit Make-up und kurzen Röcken, ohne erotisch wirken zu wollen. Er war nicht der einzige beim Spagat.

Vollends verwirrt war Tim, als Susanne sich über seine für ihren Geschmack zu sanften Zärtlichkeiten mokierte und ihn aufforderte, ruhig fester zuzupacken. Ich will etwas spüren und träume davon, dass Du so richtig über mich herfällst, damit ich mich begehrt fühle, verlangte sie.

Derlei Wünsche überforderten ihn, wenn er auch vom Ansinnen *Schlag' mich und gib mir Tiernamen* verschont blieb. Als braver junger Mann würde er ein Mädchen erst nach ausdrücklicher Erlaubnis vorsichtig küssen. Böse Zungen von Susannes Freundinnen nannten ihn deshalb hinter vorgehaltener Hand Softie, Weichei oder Warmduscher und vermuteten verborgene homosexuelle Vorlieben.

Tim wohnte als Schüler noch bei seiner Mutter. Deshalb kam seine gleichfalls vor dem Abitur stehende Liebste ihn häufig nach Schulschluss dort besuchen. Schöne Schmusestunden vor dem Aquarium.

Susanne verstand Tims Unmut nicht, wenn Christiane an die Zimmertür klopfte und fragte, ob die beiden ein leckeres Wurstbrot essen wollten. Auf der anderen Seite konnte Tim Susannes wiederkehrende Klagen über die eigene Vergangenheit schwer begreifen, denn sie interessierte sich für kaum etwas außer Rauchen und Sekt. Sie las keine Bücher, trieb keinen Sport, sah viel fern und schlief die Wochenenden durch. Trotz angestrengter Suche konnte er keine inneren Werte entdecken. Also hatte er kritiklos genossen, was er von Susanne bekam, denn die Stunden des Beisammenseins waren beglückend gewesen.

Er ertappte sich bei der Frage, was seine Schöne nach Verblassen äußerlicher Attraktivität an Persönlichkeit vorweisen könnte, sobald ihre jugendliche Anmut den faltigen Spuren des Alters gewichen sein würde. Statt klarer Strukturen hatte sie Brei im Kopf.

Wirf zuerst einen Blick auf die Mutter, riet sein Vater mit einem breiten Grinsen, der Apfel fällt bekanntlich nicht weit vom Stamm.

Susannes Mutter war eine gepflegte, aber rechthaberische und zänkische Frau, die in Jugendzeiten eine Schönheit gewesen sein dürfte. Selbst mit inneren Werten im Übermaß sicher kein Zuckerschlecken für ihren Ehemann, dachte Tim.

Ein Jahr später fiel Tim beim gemeinsamen Fernsehen auf, dass Susanne um die Hüften herum im bauchfreien T-Shirt molliger wirkte. Das sah hübsch aus, er mochte weiche Rundungen.

Darauf vorsichtig angesprochen, erwiderte sie lachend, dass das am Verzehr der vielen guten Wurstbrote seiner Mutter liegen müsse. Dicke seien gemütlich und seine grauen Guppyweibchen auch nicht mit einer schmalen Taille gesegnet.

Acht Wochen nach diesem Gepläkel hörte Tim Susanne vor einem Strafrichter sagen, sie könne sich nur daran erinnern, dass im Krankenhaus so eine nervende Uhr neben ihr laut getickt und sie damit geweckt habe. Von einem Geburtsvorgang oder einem getöteten Kind hätte sie keine Vorstellung und wüsste sie überhaupt nichts.

Ihr Vater hatte sie in ihrem Zimmer ohnmächtig liegend gefunden. Dort schwamm die Auslegeware in Blut, es fand sich eine mit einem toten Kind gefüllte Plastiktüte sowie eine weitere mit der Plazenta.

Tim hatte Susannes Schwangerschaft nicht bemerkt und wegen ihrer Pilleneinnahme nicht für möglich gehalten.

Völlig perplex, überrumpelt von der Wirklichkeit, fühlte er sich wie ein orientierungsloser Nebendarsteller im Filmstudio, der nur einen einzigen belanglosen Satz zu sprechen hat und der die mörderische Filmstory nicht kennt. Seine Lebensgeschichte machte mangels Notbremse einen zu schnellen Quantensprung in die falsche Richtung.

Auf diese Weise rächte es sich, dass er entgegen Christianes Warnung die Verhütung nicht in die eigenen Hände genommen hatte. Nun wurde er mit einem gesund geborenen, dann aber erdrosselten Baby konfrontiert.

Susanne hatte sich für das Gericht hübsch herausgeputzt und sah hinreißend aus, fand Tim. Der Richter fand das auch, sein Blick glitt wohlgefällig über ihre Beine, deren reizvolle Länge der edle, schwarze Samtminirock wenig dezent betonte. Dann bezeichnete er Susanne ausdrücklich als attraktive junge Frau und wunderte sich über ihr geringes Interesse am eigenen Leben und an der eigenen Lebensgestaltung.

Daraufhin bekam er wie aus der Pistole geschossen Susannes vagen Text vom kaum erträglichen Joch der Schönheit — immer nur das Äußere! — zu hören. Sie schilderte die unerfreuliche Kindheit ohne intensive Gespräche und ihren Vater, der sie nie verstehen wollte. Die Einnahme der Pille hätte sie ab und zu vergessen und schwangerschaftsbedingte Veränderungen an ihrem Körper nicht bemerkt. Großen Hunger habe ich oft gehabt, sagte sie gleichmütig, möglicherweise trägt der Alkohol schuld an allem, regelmäßiges Erbrechen bin ich auch ohne Schwangerschaft gewohnt.

Die einfühlsam vorgetragene Frage des Richters, ob sie denn eine Vorstellung von ihrem weiteren Leben hätte, beispielsweise hinsichtlich Berufswahl, Studium oder Familie, beantwortete sie mit einem schlichten 'Nö'.

Gedankenstrudel rissen an Tim. Er war von Herzen verliebt und sehr erstaunt, seine Susanne so wenig zu kennen. Wieso hatte sie niemals ihre Vergesslichkeit bei der Einnahme von Anti-Baby-Pillen erwähnt? Mädchen waren die besseren Menschen, weshalb konnten sie sich gegenüber dem eigenen Freund, dem eigenen Kind und dem eigenen Körper so gleichgültig bis aggressiv zeigen?

Sachlich befragte der Richter eine Stunde später Tim nach dem Tathergang. Er konnte wahrheitsgemäß bestätigen, außer Susannes leichtem Ansatz von Babyspeck nichts bemerkt zu haben, was eine Schwangerschaft vermuten ließ und wurde aus dem Zeugenstand entlassen. Erst später fiel ihm auf, dass er den Ausdruck 'Babyspeck' in der Aufregung etwas unglücklich gewählt hatte.

Richter und Staatsanwalt ließen sich von Susannes detailarmen Schilderungen beeindrucken und stellten bei der Urteilsfindung den Erziehungsgedanken in den Vordergrund.
Sie kam wegen fahrlässiger Tötung mit einer Verwarnung und einer Geldbuße von 750, - DM davon. Zu zahlen an *Pro Familia*. Vor Gericht war jeder Tag Muttertag.

Noch benommen von den aufwühlenden Ereignissen, schloss Tim seine Freundin nach der ausführlichen, väterlich-verständnisvollen Urteilsbegründung verhalten in die Arme. Wie er seine Mutter in die Arme genommen hätte.

Ob das hohe Gericht ein so mildes Urteil gefällt hätte, wenn statt eines jungen, hübschen Mädchens ein alter, unsympathischer Mann der gleichen Tat verdächtigt worden wäre, würde er wohl niemals erfahren.

Frauen sind kriegerischen Einflüssen noch mehr ausgesetzt als Männer. Wer auf den Sieg der Frauenbewegung rechnete, zur Sicherung des Friedens, befand sich im Irrtum. (Romain Rolland)

VI

Laut Novalis tragen Soldaten bunte Kleider, weil sie der Blütenstaub des Staates sind. Nach der bestandenen Abiturprüfung sollte Tim seinen Wehrdienst ableisten, wie die meisten männlichen Staatsbürger im entsprechenden Alter.

Ich würde die Bundeswehr für Dich gar nicht schlecht finden, sagte Christiane überzeugt, da lernst Du endlich Ordnung. Bettenmachen und Hemden auf Kniff zusammenlegen haben noch niemandem geschadet.

Es gab ein Bundesministerium für Familie, Senioren, Frauen und Jugend. Christiane schien anzunehmen, allein der Kriegsminister sei für Männer zuständig.

Die Aussicht auf den Dienst mit der Waffe bereitete Tim Unbehagen. Nasskalte Novembertage mit dunkelgrauem Licht forderten eine trübe Auseinandersetzung zwischen Gut und Böse in den Tiefen des Gewissens geradezu heraus. Befehl und Gehorsam waren nicht seine Welt. Nächtliche Gewaltmärsche und Durch-Den-Schlamm-Robben auf dem Feld der Ehre ebenso wenig. Außerdem fürchtete er wurstbeladenes Graubrot in der Kantine. Zwar hatte er noch keinen Versuch unternommen, aber das Töten zählte er auch nicht zu seinen Leidenschaften.

In unzähligen Jahrtausenden Entwicklungszeit war die Menschheit nicht klüger geworden, nur technisch ausgeklügelter. Bekam in der Steinzeit der bärenfellgekleidete

Höhlennachbar einen Keulenschlag auf den Schädel, waren heutzutage Kleidung wie Waffen raffinierter geworden und man führte elektronisch ferngesteuerte Präventivkriege.

Tim erinnerte sich unwillkürlich an eine Komödie des Dichters Aristophanes namens 'Lysistrate', die er vor Jahresfrist in der Schule lesen musste. Im altgriechischen Originaltext. Die Übersetzung hatte sich schwierig gestaltet. In dem Theaterstück aus dem Jahr 440 vor Christus beschlossen kriegsmüde Frauen, dem langen Krieg mit harten Mitteln ein Ende zu bereiten: Sie wollten sich ihren Männern sexuell verweigern, solange diese weiterkämpften.
Die Durchführung des Plans nahm Zeit in Anspruch, beide Seiten verkrafteten das kalte Bett nur schwer, aber die Frauen erkämpften den Frieden.

Frauen waren Opfer.
Frauen waren Beute der Sieger.
Frauen wurden von feindlichen Soldaten vergewaltigt.
Frauen verloren Krieg anders als Männer.
Sie überlebten ihn.

Im wirklichen Leben fand sich keine weitsichtige Lysistrate, die mithilfe sexueller Erpressung ihren Mann vom Kriegszug abgehalten hätte. Obwohl in den meisten Gesellschaften die Last der Kindeserziehung in Frauenhänden lag, verhinderten Frauen nicht, dass ihre Söhne zum Wehrdienst gingen und das Handwerk des Tötens lernten.
Solches Verhalten der Mütter wirkte auf Tim aus Sicht eines potentiellen Kriegsopfers Frau ungewöhnlich und unlogisch. Der Job des Soldaten bestand schließlich nicht

nur aus Bettenmachen und Hemden-Zusammenlegen. Weibliche Logik, die ihm verschlossen blieb.
Der Dichter Aristophanes war ein Mann gewesen.

Möglicherweise, überlegte er, hatte kriegerisches Verhalten zur Vermeidung von Inzucht eine genetische Ursache. Nach jedem Krieg waren die Damen Bewunderer der Sieger und Tröster der Besiegten.
Krieg förderte daneben die Vermischung unterschiedlicher Völker und Rassen auf dem Wege unfreiwilliger und freiwilliger Vereinigungen. Die gab es in großer Zahl, wenn sich viele Frauen eines besiegten Landes mit Besatzungssoldaten einließen. In einem dicken Wälzer spürte Tim Hinweise auf, dass allein im von Deutschland besetzten Schweden nach dem zweiten Weltkrieg 15.000 'Mischlinge' geboren wurden.
Die Behauptung, unter weiblicher Befehlsgewalt würden keine Kriege ausbrechen, entlarvte er als Märchen. Auch Golda Meir, Indira Gandhi und Margaret Thatcher hatten Männer in den Tod geschickt. Das ist eine sehr harte Entscheidung, aber wir denken, dass es den Preis wert ist, sagte die US-Außenministerin Albright auf die Frage, ob das Embargo gegen den Irak eine halbe Million toter Kinder wert sei.
Tim konnte nicht in Erfahrung bringen, weshalb Frauen trotz höherer Lebenserwartung kein Jahr ihres Lebens für die Allgemeinheit opfern mussten und verweigerte spontan den Dienst an der Waffe. Beruflich gesehen blieb er im Nachteil, denn Susanne konnte bereits mit einem Studium beginnen.

Er musste zwölf Monate in einem staatlichen Krankenhaus einfache Hilfsdienste verrichten: Bettpfannen leeren, Zimmer fegen und wischen, alte Damen zu Ämtern begleiten.

Nicht einmal zu solchen Sozialarbeiten wurden Mädchen herangezogen, ärgerte sich Tim. Dabei hatte ihm sein Vater ausdrücklich erklärt, dass Frauen kleine Hände haben, um besser in den Ecken wischen zu können.

Aber er sah auch ein, dass Frauen selbst im Falle einer Dienstverpflichtung ein einfacher Fluchtweg offen stand: Die jungen Damen mussten bloß im richtigen Moment für die Kiellegung von Nachwuchs sorgen, wie es weibliche Besatzungsmitglieder von US-Kriegsschiffen vorgemacht hatten.

Nach vierzehn harten Wochen Zivildienst fiel Tim die Umstellung vom Schulalltag auf einen Volltagsjob immer noch schwer, vor allem körperlich. Nicht selten musste er schwergewichtige Kranke umdrehen oder sie aus dem Bett hieven. Danach fühlte er sich manchmal selbst krankenhausreif wie ein alter Mann, so sehr schmerzte sein Rücken. Am meisten beeindruckte ihn ein verunglückter Motorradfahrer. Der zwanzigjährige Mann wurde nach dem Unfall beinahe tot in die Klinik eingeliefert. Trümmerbrüche hatten viele Knochen zerstört, die Leber war Leberpâte. Das Überleben funktionierte nur mithilfe einer Batterie modernster Geräte. Seine Prognose zeigte mit dem Daumen nach unten. Dennoch ging es aufwärts, dank eines unglaublichen Lebenswillens. Nach drei Monaten benötigte der Motorradfahrer keine Dialyse mehr, Beatmung und Magensonde genügten. *Easy Rider* nannten die Ärzte ihn auf Besprechungen nach der Visite. Die Aussicht auf eine vollständige

Genesung von *Easy Rider* beurteilten sie als Fachleute optimistischer als Tim.

Für ihn brachte der Job schlafarme Nächte, denn Erlebnisse von jungen Krebskranken und an Altersdemenz Vegetierenden nahm er an jedem Feierabend mit nach Hause.
Außerdem begann eine anfangs unmerkliche, dann stärkere Abnabelung von Susanne. Ursachen für schlechten Schlaf boten sich zuhauf.
Obwohl Susanne unzählige Male klagte, dass niemand mit ihr ernsthaft redete, scheiterten seine trotz Müdigkeit unternommenen Versuche einer Aufarbeitung der Vergangenheit. Auch nach Monaten wollte sie weder über die unsichtbare Schwangerschaft noch über das tote Kind sprechen.
Der nette Richter hat mir gefallen, warf sie einmal ein, der war so ein süß-tapsiger Brummbär. Susanne hatte wirklich Brei im Hirn. In solchen Momenten kleidete sie Brei in Sprache und schlug dem Schwachsinn eine Schneise.

Letztlich hatte Tim einsehen müssen, dass er sich in hormontosender Umnebelung von weiblicher Anziehungskraft hatte blenden lassen. Als tragfähige Grundlage für ein Zusammenleben genügte Schönheit nicht.

Susanne war sprudelnden alkoholischen Getränken weiterhin nicht abgeneigt. Tim suchte Zugang zu ihr, hoffte auf ein gefühlsmäßiges Gleichgewicht und becherte gelegentlich mit. Dann waren beide betrunken und schliefen ohne Nähe miteinander. Sie sahen sich seltener und irgendwann nicht mehr. Die Kosten der Beziehung hatten ihren Gewinn aufgefressen.

Jugend ist nicht die Zeit für Rache und Hass, sondern für Mitleid,
Sanftheit und Hochherzigkeit. (Jean Jacques Rousseau)

VII

Tim wohnte für die Dauer seines zivilen Dienstes weiter
in mütterlicher Obhut. Er erledigte in einem fest um-
rissenen Aufgabenbereich die im Haushalt notwendigen
Dinge. Vom Fensterputzen hatte Christiane ihn wegen
mehrfachen vorsätzlichen Pfuschens in Tateinheit mit offen
zur Schau gestellter Gleichgültigkeit gegenüber Putzstreifen
freigestellt. Widerwillig und demonstrativ ächzend über-
nahm er die Müllentsorgung und Einkäufe. Der Großein-
kauf geschah freitags oder samstags. Neben Obst, Gemüse,
Joghurt und Brot transportierte er schwere Colakisten oder
Fünf-Kilo-Kartoffelbeutel. Nach der Klinik-Schufterei
gehörte Gewicht-Heben nicht zu seinen favorisierten Sport-
arten.

Christiane dagegen bevorzugte das Gewicht-Stemmen, wenn
es um das Tragen unhandlicher Schuhkartons in stattlicher
Zahl ging. Frauen und Schuhe — nicht nur im ausgetretenen
Klischee untrennbare Begriffe.

Andere Waren trug sie ungern. Mein Rücken ist abgearbeitet,
klagte sie. Ärztlich verschriebene Fango-Packungen und
Massagen halfen nicht. Um uns Frauen sorgen sich die
Ärzte viel zu wenig, lautete ihre Anklage, die Herren Dok-
toren kümmern sich lieber um wehleidige Männer mit
Schnupfen, statt endlich unseren Brustkrebs zu besiegen.

Du bist ungerecht, erwiderte Tim heftig, es sterben viel
mehr Männer an Prostatakrebs als Frauen an Brustkrebs.
Trotzdem wird fünfzigmal mehr Geld für die Erforschung
der Frauenkrankheit ausgegeben. Aber Christiane machte

eine abwehrende Handbewegung und wollte ihm nicht glauben.

Die Kleinfamilie verfügte nur über knappe Mittel für Anschaffungen, aber von Mangelwirtschaft konnte nach Tims Eindruck keine Rede sein. Für schöne Schuhe reichte es immer.
Er erhielt für seinen Zivildienst einen kleinen Lohn, der seinem Erzeuger niedrige Unterhaltszahlungen ermöglichte. Christiane verdiente in ihrem Halbtags-Job als Erzieherin in einem evangelisch-lutherischen Kinderhort so viel, dass sie den Lebensunterhalt sicherte.

Für die paar Kröten im Kindergarten würde ich mir morgens nicht die Hose anziehen, hatte Tims Vater abschätzig gesagt. Seiner Meinung nach hörte unter Christen die Christlichkeit auf, sobald Gehälter in angemessener Höhe gezahlt werden mussten.

Materielle Absicherung war wichtig, das sah Tim ein. Ihm wäre ein Austausch über Gefühle und den Umgang mit anderen Menschen manchmal wichtiger gewesen. Bei Susanne hatte das nicht funktioniert. Allenfalls die glamouröse Gefühlswelt von gelackten Darstellern einer amerikanischen Fernsehserie war Gegenstand von Wortwechseln gewesen.

Bei seiner Mutter lernte er, Gespräche über Gefühle zu führen. Scheinbar über echte Gefühle. Christiane wies ihn mit ernsthaftem Gesichtsausdruck darauf hin, dass Leitsätze wie *Indianerherz kennt keinen Schmerz* oder *Große Jungen weinen nicht* ihre Gültigkeit verloren haben.

Männer dürften Gefühle haben, sollten sie zeigen und in passender Situation die Tränen nicht zurückhalten. Leider fiel ihr kein Beispiel für eine passende Situation ein.

Gestanzte Textbausteine, dachte Tim. Vermutlich meinte seine Mutter den weinenden Peter Ustinov als Nero im Kinofilm *Quo Vadis*. Nero hatte Rom angezündet und schrie nach seinem Tränengefäß. Andererseits, meinte Christiane, sollten Männer aber auch stark sein und mutige Entscheidungen fällen.

Seine Mutter bewegte sich in einer imaginären Welt, die sich um Romane mit geschichtlichem Hintergrund drehte. Oder sie las feministisch angehauchte Betroffenheitspoesie voll metaphorischer Dichte und engagierte sich. Jeden Dezember spendete sie Geld für ein afrikanisches Frauenprojekt, das die Genitalbeschneidung von Mädchen bekämpfte.

Warum spendest Du eigentlich nie für die Bekämpfung der betäubungslosen Beschneidung von Jungen, fragte Tim einmal. Statt einer Antwort schüttelte Christiane nur verständnislos den Kopf.

Kraft und Lebensmut schöpfte sie aus dem Buch *Tarot - Wege der Wandlung* und den zugehörigen Karten. Die waren mit wunderlichen Bildern bedruckt, wie eine Mischung aus sozialistischem Realismus und naiver Malerei. Verknotete Formulierungen im Arbeitsbuch erläuterten weise die Zukunft anhand der Karten.

Anfangs nahm Tim sie nicht ernst und lächelte freundlich, als Christiane erklärte, ihre spirituelle Einzigartigkeit zu suchen. Als nach wenigen Wochen die Wohnung mit dem Duft der Räucherstäbchen verpestet war, lächelte er nicht mehr. Überall im Wohnzimmer lagen seltsam angeordnete

Steine und glitzernde Kristalle verschiedener Sorten und Größen herum. Sie sollten mit positiver Aura die Stimmungslage verbessern. Aber eigentlich waren die handtellergroßen Heilsbringer bloß Stolpersteine.

In kurzen Abständen verschmutzten sie oder nutzten sich ab, verloren dadurch ihre segensreiche Wirkung. Christiane reinigte sie mit dem Licht des Vollmondes. Bei schwächerer Verschmutzung genügte fließendes Wasser.

Für ihn hatte sie zu Silvester eine Tarot-Tageskarte gelegt, kleiner als die weinrankengeschmückte Mittagskarte beim Italiener MAMMA MIA, aber ähnlich kitschig. *Fünf Schwerter* lautete die Kartenbezeichnung und zu sehen waren fünf Schwerter.

Sodann ist seit alten Zeiten das Schwert ein Inbegriff der Urteilskraft, der Fähigkeiten, sich ein Urteil zu bilden und zu vollstrecken, taten die *Wege der Wandlung* zu den fünf Schwertern kund. Tim bevorzugte Gewaltenteilung. Er musste wegen der qualmenden Räucherstäbchen husten, seine Augen begannen zu tränen.

Christiane, tief in die Thematik eingetaucht, erklärte ihm bedeutungsvoll: Schwerter sind Waffen des Geistes! Das war Tim neu. Er solle sich warm anziehen, es könne sein, dass er sich gegen üble Gemeinheit und Schikane zur Wehr setzen müsse. Aber auf jeden schwarzen Freitag würde ein Wochenende mit Erholung folgen. Warm Anziehen und Schikane meinte bestimmt das Schleppen von Colakisten und Kartoffelbeuteln im Winter, mutmaßte Tim still, unterdrückte einen Hustenanfall und zwang eine interessierte Miene auf sein Gesicht.

Er amüsierte sich regelmäßig über Zeitungshoroskope mit ihrem dringenden Hinweis, der im Luftzeichen Zwilling

Geborene möge sich vor dräuenden Erkältungskrankheiten hüten. Den Wert des Tarot schätzte er nicht höher ein. Die Kartenlegerei scheiterte an der simplen Aufgabe, drei richtige Zahlen im Lotto zu prophezeien.

Fanden Unterhaltungen zwischen Mutter und Sohn statt, endeten die fruchtlos. Hatte Tim Liebeskummer in Bier ertränkt, bekam er den Ratschlag, sich rar zu machen oder den entsetzten Ausruf: *Du bist ja wie dein Vater!* zu hören.
Die Sentenz *Das erkläre ich Dir, wenn du älter bist,* hatte sie sich abgewöhnt, den Satz *Du hattest so eine schöne Kindheit, davon habe ich früher geträumt* leider nicht.
Hilfreiche Antworten gab Christiane selten. Wenn Tim sich entnervt darüber beklagte, hörte er ein weinerliches *Ich werde auch nicht ewig da sein und dann wirst Du schon sehen.*

Er überlegte, wann er sich für seine Anwesenheit auf Erden entschuldigen müsste, obschon dafür seine Mutter die Verantwortung trug. Er hatte um keine Geburt gebeten.
Christiane hatte elterliche Warnungen in den Wind geschlagen und sich an den Rock gehen lassen. Um intelligente Bemerkungen wie *Du könntest ruhig etwas mehr Dankbarkeit zeigen* zu vermeiden, hielt er den Mund.
Er hätte gern eine im Kopf bewegliche Mutter gehabt statt dieser geistigen Tieffliegerin mit Ponyfrisur und einem Gesichtsausdruck wie der Kanzler am Grab des unbekannten Soldaten.

Sie hatte einen gesunden Knaben zur Welt gebracht. Das war Christianes einzige Leistung im Leben gewesen, sofern biologisches Funktionieren als Leistung auf der Habenseite verbucht werden konnte. Ein Kind wuchs allein im Bauch heran und wurde geboren, ohne dass die Mutter dafür ein Studium oder besondere Fähigkeiten brauchte. Lediglich die Zeugung verlangte Einsatz. Den konnte er sich bei seiner Mutter nicht bildlich vorstellen, sein Gehirn aktivierte dafür eine Schutzabschaltung. Was mochte sein Vater jemals an ihr gefunden haben?

Tims Geburt lag weit zurück. Dennoch bildete sie die Grundlage für Christianes selbstsicheres Auftreten und die Legitimation, ihm Anweisungen zu geben und Lebensweisheiten aus zweiter Hand als eigene zu vermitteln. Für seinen Unterhalt hatte sein Vater gesorgt. Christiane definierte sich durch Muttersein, Schrubben, aufgewärmte Fertiggerichte, Schnittchen und die Dauerklage: *Das ist hier doch kein Hotel!*

Tim war überzeugt, dass sich eine umgekehrte Situation — leben beim Vater und Unterhalt für sich von der Mutter — befreiend auf die Stimmung und belebend auf den Speisezettel ausgewirkt hätte. Wenn Kinder zwischen Elternteilen wählen dürften, würden sie ihren Vater wählen. Vater-und-Kind-Kuren wären sicher erholsamer als Mutter-und-Kind-Kuren.

Obgleich bewusst frauenfreundlich erzogen, entwickelte Tim als Zivildienstleistender eine starke Aversion gegen ältere Damen jenseits des sechzigsten Lebensjahres. Die weibliche Altersgruppe *Sechzigplus* war ihm ein Gräuel, ob aus Müttern bestehend oder nicht.

Die Herthas und Gertruds — der personifizierte Schrecken im Supermarkt. Am liebsten kauften Hertha und Gertrud zur Mittagszeit oder nach siebzehn Uhr ein, wenn Berufstätige ihre Besorgungen machen mussten. Der Wurststand war ihre Domäne, Schnittchen schmierten sich schließlich nicht von selbst. In leidendem Tonfall vorgebrachte Sätze wie *Ist die Wurst auch frisch?*, *Wie schmeckt die denn?*, *Letzte Woche war eine andere Sorte Mortadella da* oder *Bitte ein Achtel, aber eine halbe Scheibe weniger,* erzeugten bei Tim ungesunden Bluthochdruck und verdrehte Augen. Im Geiste sah er fliegende Schnittchen. Wenn ihm die Warterei zu lange dauerte, machte sich sein Einkaufswagen durchaus selbständig und fuhr in die Hacken der schwadronierenden Alten. Tim beteuerte dann immer mit aufrichtig großen Augen, wie leid ihm dieses Versehen täte.

Die geschäftsmäßig freundlichen, flinken Verkäuferinnen hinter der Theke beneidete er nicht.

Er hasste die unnötigen Besuche der Großmütter in der Ambulanz seiner Klinik. Jede graugewandete Oma wollte sich ausführlich unterhalten und ernst genommen werden. Wobei sie eine ärztliche Diagnose wie etwa 'Altersbeschwerden' niemals akzeptierte, das war in ihren Augen keine richtige Krankheit. Ohne lange Schilderungen ihrer angeblichen Leiden und ohne Verordnung schwerer, verschreibungspflichtiger Medikamente verließ keine freiwillig das Spital. Schon, um den vom vorgeblichen Dauerleiden wenig überzeugten Verwandten handfeste Beweise ihrer ernsthaften Erkrankung liefern zu können. Ein vom studierten Doktor unterschriebenes Rezept ermöglichte weiterhin lautstarkes Stöhnen und Leiden.

Zu guter Letzt klagten die Mütterchen weinerlich und brechenden Blicks, dass sich niemand mit ihnen unterhalten mochte. Sogar die eigenen Kinder wären fürchterlich undankbar, würden sich nicht melden und nie zum Kaffee vorbeikommen. In solchen Momenten dachte Tim neidisch an Susanne, die in gröblicher Überschätzung ihrer geistigen

Fähigkeiten inzwischen Archäologie studierte. Sie hatte zwar mit alten Damen zu tun, aber die schwiegen seit Jahrhunderten.

Tims freute sich über das nahende Ende seines Zwangsdienstes. Am vorletzten Tag in der Klinik begleitete er eine gebrechliche Frau wegen verschiedener Rentenpapiere zum Bezirksamt. Sie betraten das erste Zimmer im Visier der alten Dame. Nach ihrem Begehr gefragt, antwortete sie mit schlafwandlerischer Sicherheit *Ich weiß gar nicht, ob ich hier richtig bin!* und dann mit *Ich habe alles dabei!.* Sofort entleerte sie den Inhalt ihrer großen, braunen Einkaufstasche aus Kunstleder auf dem Schreibtisch des Sachbearbeiters.
Ich hatte doch alles eingepackt, zeterte sie auf die erneute Frage nach ihren Wünschen, bis sich nach zwanzig Minuten herausstellte, dass sie den armen Tim trotz dessen Nachfragen zielsicher in das falsche Amt gelotst hatte. Genervte Blicke des ursprünglich verständnisvollen Beamten quittierte sie mit *Man kann ja wohl ein bisschen Rücksicht erwarten.*

Eines hatte Tim im Krankenhaus gelernt: Als Altenpfleger oder Gerontologe würde er wegen seiner starken Abneigung gegen alte Frauen niemals arbeiten. Die waren vermutlich zu schwierigen Menschen geworden, weil ihnen als Teenager sinnfreies Geplapper gern verziehen wurde. Jugendliche Anmut überstrahlte noch fehlende Persönlichkeit.
Daraus hatten die Mädchen auf überbordende Wichtigkeit ihrer Äußerungen geschlossen und übersehen, dass interessierte Herren allein in Hoffnung auf ein erotisches Finale den nötigen Widerspruch unterließen. Besonders von der Natur begünstigte Frauen erlagen der Versuchung, sich um nichts als ihre Männer fällend schönen Gesichter zu kümmern.

Waren die dem Alter zum Opfer gefallen, blieb nur dümmliches Gebaren, das Siebzehnjährige hilflos-charmant und Siebzigjährige unerträglich wirken ließ.

In der letzten Woche seines Zivildienstes lernte Tim im Krankenhaus eine nette, dunkelblonde Lernschwester kennen. Am gleichen Tisch sitzend, sprach er sie beim Mittagessen in der vollbesetzten Kantine an. Er bat um den Salzstreuer. Anfangs fehlte ihm der Mut, denn sein grüner Kittel wies ihn als unbedeutenden Zivildienstleistenden aus. Er fürchtete, Krankenschwestern wollten sich nur mit ihresgleichen oder höher gestellten Ärzten unterhalten. Aber mit dem Thema *schlechtes Kantinenessen* stieß er schnell auf einen Gesprächsgegenstand. Besonders der aus zäh-klumpiger Vanillecreme bestehende Nachtisch sorgte für Einigkeit in der Kritik. Die Lernschwester war acht Monate jünger als Tim. Sie sah mit ihren schmalen Lippen unter der großen Nase erst auf den zweiten Blick hübsch aus.

So sollte es sein, dachte Tim, denn er empfand sich trotz sportlicher Figur nicht als Adonis. Wegen der Pausbacken. Seine Susanne hatte bis auf flirrenden Sex-Appeal wenig gehabt, auf das sich eine tief gehende Partnerschaft hätte gründen lassen. Julia zeigte sich als zugewandter Mensch und interessierte sich für viele Dinge: Für historische Romane, klassische Musik und Geräteturnen im Fitness-Klub. Ihre Vorlieben könnten ein tragfähiges Fundament für eine längere Zukunft bilden, hoffte Tim.
Sie verstand sich hervorragend mit Christiane. Bereits an dem Abend, als er seiner Mutter die neu eroberte Flamme präsentierte, bemerkte er einen guten Draht, eine Art Seelenverwandtschaft zwischen den beiden.

Sie lasen gerade unterschiedliche Kapitel des gleichen Buchs. Der dicke Historienschinken *Feuer und Stein* spielte 1743 im schottischen Hochland, war mit Erotik-Einsprengseln befrachtet und immerhin achthundert Seiten schwer. Tim schmunzelte, wie Männer es manchmal tun, wenn Frauen etwas wichtig finden, sich voll einbringen und eifrig fachsimpeln.

Christiane zog sich für die Frischverliebten eine Stunde in die Küche zurück und bereitete den beiden ihr kulinarisches Highlight zu: Königsberger Klopse in Kapernsauce mit Salzkartoffeln. Selbst gekocht und nicht aus der Konserven-dose.

Einen ebenso guten Draht zu Tims Vater konnte Julia nicht finden. Die wenigen Wortwechsel zwischen beiden blieben distanziert und gefühlsarm, ohne dass Einer dem Anderen etwas vorzuwerfen gehabt hätte. Manche Menschen wurden nicht miteinander warm.

Um das Ende des Zivildienstes zu feiern, trafen sich Julia, Tim, sein Vater und dessen Freundin Verena im italienischen Restaurant *MAMMA MIA*. Es lag in einer kleinen Seitenstraße zwischen Apotheke und Friseur. Das *MAMMA MIA* hatte wie seine laute Besitzerin aus Neapel die besten Tage gesehen. Abgenutzte, schartige Holztische und mit Wachs vollge-tropfte Kerzenhalter aus fleckigem Messing verbreiteten im Einklang mit bauchigen Bastflaschen am Tresen und Fischer-netzen an der grob verputzten, gelblichen Decke ein pseudo-italienisches, rustikales Ambiente. An der Wand warben dunkelbraune Reklameschilder für *Amaretto Di Saronno*. Die betagte, bierverklebte Musikbox plärrte alte Platten von

Umberto Tozzi und Angelo Branduardi. Niemand legte Wert auf übertriebene Sauberkeit und Tim fühlte sich wohl.

Er betrachtete Verena und konnte nachvollziehen, weshalb seine Mutter sie in eifersüchtigem Konkurrenzdenken nicht mochte. Die junge, hellblonde Dame plauderte charmant und sah mit der weißen Bluse auf ihrer kräftig gebräunten Haut sehr sexy aus. Wie in einer Fleisch gewordenen Männerphantasie lockten volle Lippen, blaugrüne Augen und ein kleines Grübchen auf der rechten Wange. Verena spielte in einer höheren Liga, Christiane konnte nicht mithalten.
Für Tims Geschmack hätten Verenas Figur achtzig zusätzliche Gramm Gewicht auf der Waage nicht geschadet. Frauen sollten wie Frauen aussehen und nicht wie indische Hungerleichen auf dem Laufsteg bisexueller Modeschöpfer.

Sein Vater war gerade mit ihr von einem vierwöchigen Karibikurlaub auf der Insel Santa Lucia zurückgekehrt, ebenfalls mit gesunder Gesichtsbräune und guter Laune.
Da unten lässt es sich relaxed leben, schwärmte er. Rum, schönes Wetter und schöne Mädchen. Mehr braucht ein gesunder Mann mit gesunden Bedürfnissen nicht. Und das Beste daran ist, dass die Frauen dort nicht heiraten wollen.
Tim sah ihn erstaunt an. Verena zog die Augenbrauen hoch. Julia guckte wie eine Milchkuh bei Gewitter.
Die Frauen auf Santa Lucia sind zwar zu neunzig Prozent katholisch, bekommen aber trotzdem oft Kinder von verschiedenen Männern, erklärte er in belehrendem Tonfall. Frauen und nicht Männer sorgen mit harter Arbeit für den Lebensunterhalt. Zum Beispiel beim Zuckerrohr-Pressen.
Im Falle einer Heirat müssten die Männer dann mit durchgefüttert werden, das gefiele den Frauen weniger. Daraus

könne man lernen, dass sich eine Heirat nur für den wirtschaftlich Schwächeren rechne. In Deutschland will das schwache Geschlecht die Ehe, führte Tims Vater mit schiefem Grinsen aus, jeder Mann sollte sich das gut merken.
Verena und Julia sahen sich einen Moment lang in die Augen. Tim konnte den Blick nicht deuten.

Der Service im *MAMMA MIA* funktionierte wenig effizient, dafür freundlich-familiär und schaffte es, den Rotwein vor dem Essen zu kredenzen. Als die schlanke Flasche *Chianti Classico* umständlich entkorkt und dem Tischältesten ein Schluck zum Probieren ins Glas gegeben worden war, musste der träge Kellner sich fragen lassen, was denn diese winzige Pfütze solle. Schließlich würde in dem Riesenglas noch Platz sein und er möge daraus bitte sofort die Luft entfernen. Tim kräuselte verlegen die Stirn, beide Damen lächelten nur mit den Lippen.

Die Atmosphäre wurde entspannter, als die ersten Gläser geleert auf dem Tisch standen und der schlecht rasierte Kellner sich mit dampfenden Teigfladen näherte. Auf dicken, runden Holztellern mit eingekerbten Saftrinnen am Rand brachte er zwei vegetarische Pizzen für die Damen, eine *Calzone* für Tim und eine *Funghi* für seinen Vater.
Der nutzte kurz darauf die Gelegenheit, die ihm Verenas Abwesenheit zum Zwecke des Nasepuderns bot, für aufklärende Worte. Verheiratete Männer leben länger als Unverheiratete, meinte er süffisant, aber sie sind viel eher bereit zu sterben. Heirat lehne ich von Grund auf ab, denn Vorteile daraus ziehen allein Frauen. Ein Ehevertrag ist sinnlos, denn im Scheidungsfall findet sich garantiert ein Richter, der den Vertrag wegen Ausnutzung der Ehefrau für

sittenwidrig erklärt und ihr Unsummen an Unterhalt für die Ewigkeit zuspricht. Wenn die Putzfrau den Personalchef heiratet und geschieden wird, bekommt sie Unterhalt nach seinen Leistungen und nicht nach ihren, bemängelte er und stieß mit dem Zeigefinger ein Loch in die Luft. Im Scheidungsrecht ist das Schuldprinzip nicht abgeschafft worden, sondern erhalten geblieben. Denn jetzt liegt die Schuld immer bei den Männern, jedenfalls müssen sie immer zahlen. Dabei ist die Liebe ein natürliches Kind der Freiheit — wer sie in das Gefängnis der Ehe einsperren will, verliert sie mit Sicherheit! Tims Vater holte tief Luft.

Tim widersprach nicht wirklich leidenschaftlich. In seinen Augen bedeutete die Aufhebung von Eheverträgen durch Gerichte eine Entmündigung des weiblichen Geschlechts. Frauen unterzeichneten nicht als gleichrangige Vertragspartner und die Justiz schützte sie wie dumme Kinder vor ihren eigenen Unterschriften. Wegen Julias Anwesenheit argumentierte er, dass einsame Frauen sich von der Ehe ein Zuhause und Bestätigung erhofften, wie Frau Schwarzer geschrieben hatte. Dafür muss man Verständnis aufbringen — sie bekommen die Kinder, entgegnete er seinem Vater.
Bevor der zum Gegenschlag ausholen konnte, setzte sich Verena an den Tisch. Sie hängte ihre kleine, schwarze Handtasche über die Stuhllehne, strich eine widerborstige Haarsträhne aus dem Gesicht, schnitt ein Stück von der Pizza ab. Verenas Wiederkehr wirkte wie Valium auf Vater und Sohn. Im Hintergrund hörten sie Angelo Branduardi, der zu Geigenklängen mit *La pulce d'acqua* einen Wasserfloh besang. Belanglose Themen schaukelten langsam zwischen Restaurantqualität hin und Wetterentwicklung her. Tim bekam ein dankbares Augenzwinkern von seiner Freundin.

Der Abend neigte sich nach reichlichem Weingenuss und abschließendem Cappuccino mit Trockenkeks auf der Untertasse dem Ende zu. Ich bin der größte Weinkenner dieses Planeten, verkündete Tims Vater weltmännisch. Auf Anhieb kann ich Euch sagen, welcher Wein mir schmeckt und welcher nicht!

Er räsonierte über die Skurrilität der deutschen Sprache. Die stellte zwar ein Wort für 'genug gegessen', aber keines für 'genug getrunken' zur Verfügung. Ein Bekannter habe dafür den Begriff 'strull' geprägt und den solle jeder Gebildete und sprachlich Interessierte in sein Repertoire aufnehmen. Er rief den Kellner mit einem schnalzenden Fingerschnippen an den Tisch, ließ ihn wissen, dass er absolut *satt und strull* sei und bat um die Rechnung.

In einem Augenblick gewährt die Liebe
Was Mühe kaum in langer Zeit erreicht. (Goethe)

VIII

Julia war freundlich, trotz ihrer Jugend in sich ruhend, offen und warmherzig.

Untere Kategorien zweifelhafter Herrenwitze schrieben Krankenschwestern körperlichen Dingen gegenüber große Aufgeschlossenheit zu. Tim nahm erfreut zur Kenntnis, dass sich dieses Vorurteil auf das Angenehmste bestätigte. Er genoss ihre Nähe und Zuneigung, wenn sie sich außerhalb der sterilen Klinikgebäude trafen. Das war entweder in seinem alten Zimmer mit Aquarium und Wurstbroten bei Christiane oder in Julias Zimmer ohne Aquarium und ohne Brot in einer außerhalb des Stadtkerns gelegenen Wohnung. Diese Unterkunft, mädchenhaft verspielt mit vielen Kissen, Blumen und Plüschtieren eingerichtet, teilte Julia sich wegen der hohen Miete mit einer hohlwangigen und mürrischen Bekannten.

Kleine Kinder mag ich unheimlich gern, erzählte Julia einmal in niedergedrückter Stimmung. Aus gesundheitlichen Gründen durfte sie aber nicht schwanger werden, daher verschrieb ihr der Frauenarzt kostenfrei die 'Pille'. Sie versicherte, die auch regelmäßig einzunehmen. Tim hatte danach gefragt, denn nach seinen Erfahrungen legte er Wert auf Sicherheit in Verhütungsangelegenheiten — wie seine Mutter es zu Recht empfohlen hatte.

Ihm waren nicht sämtliche Einzelheiten klar geworden, aber doch so viel, dass ein Kind aufgrund erblicher Vorbelastung mit Sicherheit körperlich schwerstbehindert das

71

Licht der Welt erblicken würde. Nach der schockierenden und unverdauten Erfahrung mit Susannes Schwangerschaft war sein Kinderwunsch gering ausgeprägt und er freute sich auf ein komplikationsarmes Liebesleben. Das bekam er.

Weniger erfreulich gestaltete sich Tims erhoffter Einstieg in ein geordnetes Berufsleben.
Die staatliche Klinik, in der er seinen Zivildienst abgeleistet hatte, bot eine interessante Ausbildungsstelle in der allgemeinen Verwaltung an. In einer Mischung aus Schmalspurstudium der Betriebswirtschaft und praktischer Tätigkeit am Arbeitsplatz sollte der Bewerber lernen, ein Krankenhaus hinsichtlich Menschen und Material sinnvoll zu verwalten. Dank seines Abiturzeugnisses mit vorzeigbaren Zensuren in den Fächern Gemeinschaftskunde und Biologie rechnete Tim sich gute Chancen aus.

Im Dreißig-Minuten-Bewerbungsgespräch präsentierte er sich so dynamisch und flexibel, als ginge es um einen hoch dotierten Managerposten mit Nobelkarosse als Dienstwagen. Er verzichtete darauf, die Frage nach seiner größten Schwäche mit 'Hass auf alte Frauen' oder 'Liebe zur jungen Julia' zu beantworten. Seine größten Stärken sollte er beschreiben, ihm fielen Teamfähigkeit und Gespür für soziale Ungerechtigkeit ein. Die Welt würde er am liebsten für alle Menschen einen Deut verbessern und lebenswerter machen, erklärte er leutselig sein Lebensmotto.

Beim Einstellungsgespräch war — wie gesetzlich vorgeschrieben — die Gleichstellungsbeauftragte mit unaussprechlichem Doppelnamen zugegen, eine widerlich fette, knapp vierzigjährige Monsterfrau mit forschem und zielorientiertem

Auftreten. Wenn ein Mann wagt, mir die Tür aufzuhalten, outet er sich als Unterdrückerschwein, sagte ihr Gesichtsausdruck mit zusammengepressten Lippen. Aber niemand öffnete für sie die Tür, aus Angst, sie könnte nicht hindurchpassen oder den Türrahmen beschädigen.

Die Klinikchefin hatte Tim zunächst den Job geben wollen, weil er grundlegende Qualifikationen und Krankenhaus-Erfahrung mitbrachte. Auf der anderen Seite hatten sich zwei starke Mitbewerberinnen gemeldet. Die Eine mit kleiner Tochter, die Andere stammte aus der Türkei. Nach den Behördengrundsätzen zur Frauenförderung landete der einzige männliche Bewerber damit auf Platz drei. Die Frau mit dem Kind bekam zur Freude der Gleichstellungsbeauftragten den Ausbildungsplatz.

Nicht zu unrecht, musste der Unterlegene einsehen, vermutlich war die Gewinnerin ähnlich schuldlos schwanger geworden wie Susanne. *Frauen mit Kindern zuerst.*

Seltsam fand er, dass die Krankenhausverwaltung selbst dann bevorzugt Frauen einstellte, wenn das Personal schon zu neunzig Prozent aus weiblichen Wesen bestand. Noch seltsamer fand er, dass in den wirklich schweren und gefährlichen Jobs im Bergbau, am Presslufthammer oder bei der Müllabfuhr keine bevorzugten Quotenfrauen arbeiteten und trotzdem niemand nach Gleichberechtigung schrie.

Die eindeutige Rechtslage führte dazu, dass Tims Gespür für soziale Ungerechtigkeit nach einem Männerbeauftragten rief, aber der Ruf verhallte ungehört in seinem Kopf.

Julia gelang es auf typisch weibliche Weise, Tim über die Niederlage hinweg zu trösten. Als er sie am Abend zum Kaffeetrinken besuchte, empfing sie ihn in einem atemberaubend engen Minikleid mit gewagtem Rückenausschnitt.

Unter dem Kleid trage ich keine weiteren Kleidungsstücke und meine Mitbewohnerin hat das City-Kino für einen Film mit Überlänge aufgesucht, ließ sie ihn lächelnd wissen.

Dieses Verhalten war ungewöhnlich für Julia. Sie hielt sich nicht für eine männermordende Schönheit und würde nach eigener Einschätzung bei einer Misswahl keinen Blumentopf abstauben.

Um so gelungener fand Tim diese Überraschung und beließ es nicht beim Augenschein. Julia hatte nur die halbe Wahrheit erzählt: Sie trug unter ihrem Kleid einen winzigen BH aus schwarzem Chiffon. Verzeihlich. Er lernte, dass es nicht bloß auf das Äußere einer Frau ankam. Auch Dessous waren wichtig.

Tim genoss einen sehr, sehr schönen Abend und der Kaffee wurde kalt.

Wohlgestimmt verfasste er am nächsten Morgen für seine Liebste ein Gedicht. Da Tim befürchtete, Lyrik könnte banal und unmännlich wirken, zögerte er unsicher, ihr die Zeilen zu zeigen. Verschämt versteckte den kleinen Zettel mit den romantisch verklärten Worten in einem dicken Buch, vorsichtshalber nicht in *Feuer und Stein*. Dort würde Julia ihn schnell finden. Männer sollten Gefühle haben und mutig zeigen, dafür aber eine passende Situation abwarten.

Ein paar Tage später ließ ihn seine verliebte Stimmung mutig werden. Tim zeigte ihr sein in ungleichmäßigen Druckbuchstaben verfasstes Werk:

Das Sehnen nach der Glut verzehrt,
die Unrast und Verwundbarkeit erschwert,
scheuend der Unfreiheit Joch und Knebel
den Taumel der Sinne.
Gleich einer zarten Blume still,
doch schwermütig fordernd und werbend will,
wünschend des Rausches Jubel und Lust
ein Zittern der Stimme
Ruhe

Julia nahm die poetische Geste mit Überschwang auf. Ich will für immer mit Dir zusammenbleiben, schnurrte sie, noch niemals hat mir ein Mensch so schöne Worte aufgeschrieben, Männer sind leider oft emotionale Holzklötze. Dabei hatte Tim ein unwillkürliches Getrieben-Sein zwischen Lust und Angst vor seelischen Verwundungen ausdrücken wollen. Er schwieg, um die Stimmung nicht zu verderben.
Ob es richtig war, angenehme Gefühle nicht zu hinterfragen und einfach nur zu genießen? Tim stellte die Frage zurück. Julia kuschelte sich an wie ein kleines Kätzchen und wollte gestreichelt werden. Zärtlich kraulte er ihren Nacken und gab ihr gehauchte Küsse auf Nase und Wange. Er drehte sie behutsam zurecht, damit er ihren Rücken streicheln konnte und liebkoste sie vorsichtig, bis sie eingeschlafen war.

Der lustvolle Austausch von Streicheleinheiten funktionierte ohne Schwierigkeiten.

Mit seiner Ex-Freundin Susanne war das nicht immer so gewesen, es gab an manchen Tagen, einmal im Monat, unterschiedliche Auffassungen. Die Erklärung dafür lag in den drei Buchstaben PMS. Dem prämenstruellen Syndrom, die Tage vor den Tagen. Selbst ein Herkules hätte in dieser Phase gut daran getan, sich von Susanne fernzuhalten, denn solange das Alphabet nur aus diesen drei Buchstaben bestand, war mit ihr nicht gut Kirschen essen.

Tim hatte akzeptiert, wenn sie nicht schmusen mochte, das Fernsehgerät vorzog oder ihn mit Kopfschmerzen abwies. Nein bedeutete tatsächlich nein. Susanne tobte dann eine Woche lang als leibhaftiger Widerspruchsgeist und entwickelte einen anstrengenden Reinigungsfimmel — wie seine Mutter. Er hatte lernen müssen, Lust und eigenen Willen im Interesse seiner körperlichen Unversehrtheit zurückzunehmen. Tim hatte das nicht gern akzeptiert, aber er konnte die Welt nicht ändern. Männer wollten stets das Eine und Frauen nicht. Einbahnstraße.

Lautstarke Auseinandersetzungen waren die Regel nach der Regel, sobald Susanne der Sinn nach ausufernden Zärtlichkeiten stand und Tim seine Müdigkeit nicht nur als Schutzschild verwendete. Wenn sie mit keck präsentierter Oberweite oder lockend drapierten Schenkeln keine Wirkung erzielte, wurde sie bitterböse. Tief überzeugt forderte sie die sofortige Konsultation eines ärztlichen Spezialisten, eines Männerdoktors. Ein Mann musste zu jeder Zeit bereit und willens sein, schien sie zu denken. Zurückweisung ertrug sie nicht. Zurückweisung interpretierte sie als hinterhältigen Anschlag auf ihr schönheitsgestütztes Selbstbewusstsein.

Julia dagegen freute sich, weil sie ihm gefiel, zeigte ihre Freude offen und stieß ihn nie zurück. Sie bezog seltene Ablehnungen nicht auf sich und ihr Selbstverständnis als Frau. Männer sind keine funktionierenden Maschinen, sagte sie angesichts einer kleinen Abfuhr, küsste ihn auf die Stirn und ließ ihm verständnisvoll seine Ruhe.

Die Ausbildung zur Krankenschwester hatte viele nützliche Seiten.

Außerdem entwickelte Julia sich zu einer guten Köchin, ihre *Lasagne al Forno* schmeckte anbetungswürdig. Kein Wunder, hätte sein Vater gesagt, Frauen haben ja auch kleinere Füße, damit sie dichter am Herd stehen können.

Alles, was Tim sagte oder tat, gefiel Julia gut. Von jedem Film, den er zu sehen vorschlug, zeigte sie sich hellauf begeistert, selbst wenn das City-Kino einen oberflächlichen Action-Reißer zeigte. Brachte er einen Badeurlaub an der Nordsee ins Gespräch, liebte sie das kühle Klima am Wasser. Erwog er, lieber ins Hochgebirge im Schwarzwald zu fahren, beteuerte sie ihre Wanderlust.

Seinen Musikgeschmack fand sie grandios, seine Bonmots zum Brüllen komisch. Tim freute sich über so viel Zustimmung.

Endlich unterstützte und liebte ihn jemand vorbehaltlos.

Trotz aller Liebe verunsicherte ihn eine dunkle, nicht zu greifende Ahnung. Julia machte selten eigene Vorschläge.

Konnte es Rosen ohne Dornen geben?

Ich lebe durch Dich, sagte sie, und manchmal hatte ihr Verhalten unterwürfige Züge. Als wenn sie Angst vor Auseinandersetzungen hätte und es mit ihm nicht verderben wollte.

Mit einem Mädchen hat es die Natur auf das, was man, dramaturgisch gesprochen, einen Knalleffekt nennt, abgesehen. (Arthur Schopenhauer)

IX

Nach seinem enttäuschenden Bewerbungsfiasko im Krankenhaus hatte sich Tim bei sechzehn verschiedenen Kliniken beworben, ohne Erfolg. Vier Häuser schickten postwendend eine Absage und von dreien bekam er nach kurzem Gespräch Ablehnungsbriefe mit Standardformulierungen. Die restlichen verzichteten auf eine Rückmeldung. Niedergeschlagen wusste er nicht, welchen Weg er einschlagen und wovon er existieren sollte. Ohne eine Ausbildung oder einen gut bezahlten Arbeitsplatz würde ein auskömmliches Leben nicht zu erreichen sein.

Christiane hätte gern selbst als Lehrerin gearbeitet und darum ein Sozialpädagogik-Studium ihres Sohnes begrüßt. In ihrem Kindergarten waren Sozialpädagogen für Leitungsfunktionen gesuchte Leute, aber Tim wollte kein Ober-Kindergärtner werden.
Sein Vater — selbst als Sachbearbeiter im Büro einer Versicherungsgesellschaft beschäftigt — empfahl ihm, Jura zu studieren, denn das sei einfach und immer zu gebrauchen. Er berichtete launig von einem Kunden, der sich mit den Worten *Guten Tag, ich habe einen Schaden* bei ihm am Telefon gemeldet hatte.
Tim lachte, aber ihm schien die Juristerei zu papieren und trocken, er wollte nicht ewig studieren und stellte sich vor, beruflich viel mit Menschen zu arbeiten. Am liebsten im medizinischen Bereich, als Krankengymnast oder Heilprak-

tiker. Da er alte Frauen hasste, hinge an seiner Tür ein speziell angefertigtes, rundes Schild, das in rotem Rand eine durchgestrichene alte Frau mit Spazierstock und großer Handtasche zeigen würde. Darunter stünde in großen Buchstaben der Satz *Ich muss leider draußen bleiben.*

Tim fiel aus allen Wolken. Er saß in seinem Aquarium-Zimmer und blätterte in Zeitungsannoncen auf der Suche nach einem Ausbildungsplatz. Julia kam in die Wohnung, sie besaß bereits einen eigenen Schlüssel. Wie er wusste, war eine Schwangerschaft ausgeschlossen. Sie eröffnete ihm ohne Vorwarnung, dass ihre Regel zwei Monate lang ausgeblieben und der Test beim Frauenarzt positiv verlaufen sei.

Ich habe zuerst an normale Zyklusschwankungen geglaubt und mir keine Gedanken gemacht. Offenbar hat die Pille nicht gewirkt, sagte sie beiläufig.

Tim musste diese Überraschung verdauen und reagierte sprachlos. Warum wirkte Julia glücklich wie nach einem Millionengewinn beim Lotto? Sie hatte ausführlich erläutert, dass es undenkbar wäre, schwanger zu werden. Die Gefahr, ein behindertes Kind zu bekommen, war viel zu groß. Aber weshalb strahlte Julia voll innerer Zufriedenheit? Seine nicht geäußerten Fragen mehrten sich.

Er hätte sich als Lebensabrundung eigene Kinder vorstellen können, um nicht im Alter einsam durchs Seniorenheim zu dämmern. Aber jetzt fühlte er sich zu jung und hatte außerdem geglaubt, ein Mitspracherecht zu haben. Ein Mitspracherecht über das Ob, Wann und Wieviel Nachwuchs. Ohne Lehre oder Job könnte er keine Familie ernähren, geschweige denn ein schwerbehindertes Kind.

Tim nahm Julia in den Arm. Er drückte sie sanft an sich und ließ sie an seinen vorsichtig formulierten Bedenken teilhaben. Julia strahlte nicht mehr. Das hauchdünne Eis, auf das er sich jetzt wagte, drohte seine geringe Tragfähigkeit laut splitternd zu verlieren. Wovon wollen wir leben? fragte er. Julia weinte. Als er die eigene Zukunft und die des Kindes in düsteren Farben schilderte, weinte sie lauter, bis sie sich in einen zitternden Weinkrampf hineingesteigert hatte. Tim ahnte einen tränenreichen Abend.

Du liebst mich nicht richtig und willst nur Deinen Spaß haben, brachte sie zwischen vielen Schluchzern heraus. Wenn wir beide uns von Herzen lieb haben, kann das Leben gerade mit einem behinderten Kind sehr schön sein. Kinder sind niedlich, das unergründliche Schicksal und Gott wollen eben, dass wir jetzt ein kleines Etwas bekommen.
Außerdem hätten sich tolle Operationsmöglichkeiten und Therapieeinrichtungen durchgesetzt. Behinderungen müssten kein Problem sein. Im Gegenteil, Behinderte sehe ich als besonders wertvolle und liebenswerte Menschen, betonte sie.
Tim fühlte sich brüskiert.
Er nahm sich vor, bei sich bietender Gelegenheit ernste Worte an das unergründliche Schicksal und Gott zu richten. Schließlich hatten das unergründliche Schicksal, Gott und Julia für Schwangerschaft gesorgt, ohne seine Zustimmung einzuholen.

Er drückte Julia wieder an sich.
Je rationaler Tim argumentierte, desto mehr heulte sie und schrie: Jetzt zeigst Du Dein wahres Gesicht, Du bist ein typisches Männerschwein! Ich habe das geahnt!

Ihre Stimmung besserte sich, als Tim getroffen verstummte. Goethes Tasso fiel ihm ein: *Durch Heftigkeit ersetzt der Irrende, was ihm an Wahrheit und an Kräften fehlt*, aber er schwieg und ihre Meinung blieb unverändert.

Streitgespräche solcher Art führten die beiden in den nächsten vier Monaten täglich. Gespräche wie tropische Gewitter, denen es zwar nicht an Lautstärke, aber an reinigender Wirkung fehlte. Weder für Julia, noch für das unergründliche Schicksal oder gar den lieben Gott kamen eine Schwangerschaftsunterbrechung in Frage.
In der Folge fügte sich Tim ohne Überzeugung in die ungeliebte Rolle als künftiger Vater. Möglicherweise würde Julia trotz aller Unkenrufe ein gesundes Kind gebären, Ärzte blickten nicht wie Hellseher in die Zukunft. Ein wenig Hoffnung blieb. Hoffen und Harren...

Schon die Andeutung einer abweichenden Meinung führte bei der werdenden Mutter zu unkontrollierten und kontrollierten Gefühlsausbrüchen mit Sturzbächen bitterer Tränen. So viel kann ein Mensch mit sieben Litern Flüssigkeit im Körper unmöglich weinen, dachte Tim, nach einem derartigen Wasserverlust müsste Julia eine leere Hauthülle sein.
Das Gegenteil war der Fall. Sie aß sich immer dicker und dicker und verlangte heißhungrig ausgerechnet nach Wurstbrot. Tim musste manchmal nachts um zwei Uhr aufstehen, um ihr ein paar Schnittchen zu schmieren. Das tat er, auch wenn sich sein Magen fast umdrehte und Schwangerschaftserbrechen zu befürchten war.

Julia entwickelte ein proportional zur Schwangerschaftsdauer anwachsendes Selbstbewusstsein. Sie trat mit jedem

Gramm Gewichtszunahme autoritärer und übermächtiger auf. Machtfülle und Respektzuwachs durch Kindanwachsung und Mutterwerdung. Die frühere Anschmiegsamkeit und Unterwürfigkeit waren weggeblasen. Seit Beginn der Schwangerschaft bekam Tim keinen Fuß mehr auf den Boden und machte alles falsch. Seine Scherze fand sie nicht mehr hinreißend, seine Lieblingsmusik dafür zu laut und zu schräg. Du bist ein echter Trottel, schimpfte sie, wollte aber möglichst schnell vom Trottel geheiratet werden.

Christiane hatte Tim immer wieder von bedauernswerter Ohnmacht weiblicher Hilflosigkeit erzählt, genau wie Lehrerin Ursula Müller-Schegoleit. Tim war nicht darauf vorbereitet, dass im wirklichen Leben, anders als in Büchern, Frauen in der Rolle einsamer Entscheidungsträger ihre Pläne umsetzten. Als Entscheidungshelfer akzeptierten sie allenfalls Freundinnen, zweifelhafte Fernsehsendungen oder den lieben Gott.

Wenigstens mein Vater hätte eine Andeutung machen können, grantelte Tim in sich hinein, schließlich verfügt er über einen reichen Erfahrungsschatz. Vor der Heirat einer Frau hatte er zwar deutlich gewarnt, aber eine einfache Bedienungsanleitung für Schwangere hatte er seiner Warnung nicht beigefügt.

Die besten Argumente der Welt und männliche Beweisführung zählten nicht. Julia entschied allein, ob sie ein Kind bekommen wollte. Tim arrangierte sich mangels Vetorecht mit der Entscheidung, wie irrational sie auch begründet sein mochte. Er hätte sich selbst um Schwangerschaftsverhütung kümmern können. Sollen. Müssen.

Auf der anderen Seite wäre Julia darüber mit Sicherheit erbost gewesen. Als hilflose und vertrauenswürdige Frau hätte sie ihn niemals gegen seinen Willen mit Vaterfreuden konfrontiert. In ihren Augen hätte es wie Misstrauen ausgesehen, wenn er mit hauchfeinen Latextütchen am Bett erschienen wäre. Möglicherweise wirkt die Pille nicht, hätte er sagen können und sich lächerlich gemacht. In der Rückschau wären Misstrauen und Lächerlichkeit kleinere Probleme gewesen als Schwangerschaft. Er hätte in der Verhütungsfrage ausnahmsweise auf seine Mutter hören sollen: *Schon der Volksmund sagt mit Recht und mit Fug, aus anderer Leute Schaden wird der Aufmerksame klug!*

Tim empfand Julias unumstößlichen Wunsch nach einem womöglich behinderten Kind als egoistisch, wiewohl Christiane stets betonte, dass Frauen die altruistische Menschheitshälfte stellten. Julia schien der Erfüllung ihres heimlich gehegten Kinderwunsches wichtiger zu sein als die Gesundheit und das Wohlergehen der Nachkommenschaft.

Diese Einstellung fügte sich nicht in sein Weltbild und er akzeptierte halbherzig, dass ausgerechnet die zierliche Julia nicht so schutzlos und unterdrückt auf der Welt herumstiefelte wie andere weibliche Wesen. Er mutmaßte, dass Frauen hormongetrieben um jeden Preis ein Kind haben wollten. Genau, wie sich Männer nicht aus freiem Willen, sondern gleichfalls hormongetrieben für gut gewachsene Mädchen interessierten. Das war simple Verhaltensbiologie: Die eine Hälfte der Menschheit drehte sich nach jedem Kinderwagen um, die andere nach jedem jungen Mädchen. Weit auseinander lagen die Bedürfnisse nicht.

Tim bemerkte voller Missmut, dass seine einst schlanke Freundin mit zunehmendem Bauchumfang ihre Attraktivität verlor und schämte sich seiner Gedanken – schließlich hatte er ihre unvorteilhafte Veränderung verschuldet. Julias Figur war gerade noch mit zeltförmigen Kleidern zu bedecken. Sie watschelte wie eine schlachtreife Ente und schnaubte wie ein Nilpferd nach einem Marathonlauf. Er trug die Schuld, daher schienen ihm bemühte Nettigkeiten angebracht. Jedes Gramm an Dir ist liebenswert und Du hast so wunderbar zarte Haut, sagte er.

Dennoch sah Tim gern schlanken, hübschen Mädchen nach und mochte nicht akzeptieren, dass seine Wünsche sich leicht optisch beeinflussen ließen. Er wollte zu seiner Freundin stehen und kein männliches Untier sein. Tim konnte Gefühle und sexuelle Träume nicht frei auswählen und fragte sich, ob alle Männer so oder so ähnlich empfinden würden.

Nach dem Ratschlag eines so ähnlich empfindenden Schulfreundes, der eine vergleichbare Notstandssituation einmal heldenhaft hinter sich gebracht hatte, zog Tim in Erwägung, käufliche Liebesdienste in Anspruch zu nehmen.

Er plante, sich heimlich für ein paar mühevoll ersparte Geldscheine eine emotionsfreie Triebabfuhr zu gönnen. Julias Kampfgewicht hätte seinen ästhetischen Vorstellungen und physischen Fähigkeiten zu viel abverlangt.

Allein sein vorauseilend schlechtes Gewissen hinderte ihn, denn einen Betrug wollte er Julia nicht antun. Er wütete gegen sein Schicksal, das ihn trotz Mangel an Entfaltungsmöglichkeiten mit der schwer zu ignorierenden Wirkung männlicher Hormone traktierte. Ausschwitzen, dachte er, alles ausschwitzen.

Die Vorstellung, seine Freundin durch die unmenschliche Erniedrigung einer gegen ihren Willen käuflichen Geliebten zu hintergehen, bereitete ihm Bauchschmerzen. Die Frau als Gegenstand, als jederzeit verfügbare Ware wie eine Pizza, die man sich liefern lässt. Den aufblitzenden Verdacht, dass er als zahlender Kunde durch die zwingenden Ketten seiner Sexualität ausgebeutet werden könnte, schob er schnell als hirngespinstige Entzugserscheinung beiseite. Solche abstrus-männlichen Vorstellungen mussten schon zu als lange Grundlage für die Entrechtung von Frauen herhalten.

Irgendwann würde ein Kerl die These aufstellen, Prostitution wäre eine Dienstleistung wie jede andere, allerdings mit weniger Arbeit und mehr Geld für die Dame – ein erschütternder Gedanke.

Die Geburt gestaltete sich schwierig und zeitintensiv. Tim hatte tiefes Mitgefühl für Julia, die den schmerzvollen und blutigen Preis für sein schnelles Vergnügen bezahlte.

Erwartungsgemäß gebar sie einen schwerbehinderten Jungen von drei Kilogramm Geburtsgewicht. Durch einen Fehler beim Kaiserschnitt verschlimmerte ein Arzt die Behinderungen an der Wirbelsäule des Kleinen. Eine Woche darauf ging es Mutter und Kind trotzdem *den Umständen entsprechend gut*, wie es im Krankenhausdeutsch hieß.

Tim war unglücklich, obzwar Julia ein seliges Lächeln aufgesetzt hatte und ihr Baby auf dem Bauch versonnen streichelte. Ihn quälte der Gedanke, dass Malte, so nannten sie ihr Kind, ein Leben lang auf umfassende Hilfe angewiesen sein würde.

Malte konnte sich wenig bewegen, litt unter spastischen Lähmungen und zappelte jeden Tag unter epileptischen

Anfällen. Nicht einmal das beliebte, kraftvolle Babygebrüll war ihm möglich. Bei Schmerzen oder Hunger riss er den kleinen Mund groß zum Schrei auf, Tim erahnte aber nur sehr leises Wimmern. Ein nicht im Rollstuhl sitzendes, sondern darin fest angebundenes Leben mit Sturzhelm, Fütterung und Windelung war für Malte die einzige Perspektive.

Julia kümmerte das nicht. Sie wollte mit Macht das Positive sehen. Maltes niedliche kleine Finger, seine schönen blauen Augen, die lockigen blonden Haare. Mein Sohn ist körperlich behindert, nicht etwa geistig, sagte sie gern und oft. Mit einem ordentlichen Dachschaden würde er seine schwierige Situation wenigstens nicht erkennen, dachte Tim und verwarf diesen bösen Gedankengang sofort, froh, dass niemand in seinen Kopf zu sehen vermochte. Dort führten Gedanken und Gefühle ein verborgenes Einsiedlerdasein.

Er fragte sich, wie angesichts Maltes Sprachlosigkeit jemals eine geistige Gesundheit festgestellt werden sollte. Aber er fragte das nicht laut. Woher wollten die Ärzte wissen, dass Malte *nur* körperliche Behinderungen hatte — das sollte bloß trösten. Tim konnte keinen Trost darin erkennen. Malte würde sich seines erbärmlich behinderten Daseins bewusst werden und könnte kaum mehr dagegen unternehmen als leise zu wimmern. Für so ein Leben würde billiger Trost der Güteklasse *Wird schon werden* nicht genügen.

Julia erzählte voller Stolz, wie viel Symphatie und Anerkennung sie von ihren Freundinnen erfahre. Durch die Last eines behinderten Kindes sei sie etwas Besonderes und eine Art Märtyrerin der gerechten Sache.

Mir ist zu Ohren gekommen, dass wir uns bald ein eigenes Haus bauen könnten, jubelte sie. Dein Gehirn ist genau so leer wie mein Portemonnaie, entgegnete Tim und fing sich einen bitterbösen Blick ein. Es gibt viel staatliches Geld für solche Eltern, die ihr behindertes Kind zu Hause behalten, statt es in ein Heim abzuschieben, erläuterte sie eifrig. Man solle weghören, wenn neidische Anwohner manche kleine Straße deswegen als 'Behindertenweg' bezeichneten.

Tim wollte ihren Enthusiasmus nicht bremsen, aber der Kauf oder Bau einer Immobilie überstieg seine Vorstellungskraft. Er bekam keinen Job, Julia war nach der Geburt arbeitsunfähig und eine mittelgroße Erbschaft erwarteten beide nicht.

Im Behindertenweg gedachte er auf keinen Fall zu residieren, behielt seine politisch unkorrekten Überlegungen in Erinnerung an Julias Wutausbrüche aber für sich. Er bereute, als Schüler über derbe Behindertenwitze gelacht zu haben. Damals schien die lachende Grenzverletzung als Weg zur Verarbeitung gerechtfertigt, schließlich wollte Tim die Leute lieber gesund sehen.

Mit Witzverbot belegte Menschen waren keine akzeptierten Mitglieder einer Gemeinschaft, sie galten als unnormal. Witze wurden über jeden gerissen, über Katholiken, Ostfriesen, Dicke, Dünne und Frauen. Wer wegen Körperfülle, Pausbacken oder Tollpatschigkeit ausgelacht wurde, gehörte dazu. Aus diesem Grund hatte Tim Lachen über Behinderte als Teil ihrer Integration angesehen. Mit Maltes Geburt erstarb sein Lachen.

Das Wohnungsproblem stellte sich dennoch. Weder Julias Unterkunft noch Tims Zimmer waren groß genug. Für zwei

Elternteile und ein kleines Kind, das auf eine Rund-um-die-Uhr-Betreuung angewiesen war, würden sie viel Platz benötigen.

Tim wandte sich Rat suchend an das nahe Bezirksamt. Dorthin hatte er im Rahmen seines Zivildienstes eine gebrechliche Patientin mit Kunstledertasche begleitet. Vom Nacken her überzog ihn ein leichtes Schaudern, so unangenehm und real meldete sich die Erinnerung. Nach einer Dreiviertelstunde Warten im Flur führte er ein langes, aber erfreuliches Gespräch mit der zuständigen Sozialsachbearbeiterin. Die stellte unerwartet Hilfe in Aussicht, sobald Tim schriftliche Unterlagen über das Ausmaß von Maltes Behinderung vorlegen würde.

Das tat er am nächsten Tag. Schon eine Woche darauf besichtigte die junge Familie eine gerade fertig gestellte und schöne Sozialwohnung in einem ruhig gelegenen, grünen Stadtteil. Die Wohnung war mit Balkon, einem Badezimmer mit Dusche und Wanne, einer Einbauküche und Fußbodenheizung ausgestattet. Ein beheizter Autostellplatz in der Tiefgarage gehörte auch dazu. Am meisten freute Tim sich über den Nulltarif; die Mietzahlungen samt Betriebskosten und den Lohn des Umzugsunternehmers würde das Sozialamt auf Antrag übernehmen, die Kosten für eine Erstausstattung an Möbeln, Teppichbodenbelag und Gardinen ebenso. Das Geld musste er nicht zurückzahlen, denn er könnte wegen Maltes Betreuung so bald kein Einkommen beziehen. Julia plante, nach dem Mutterschutzurlaub höchstens halbtags zu arbeiten. Vor ihren Augen sahen die beiden eine materiell halbwegs gesicherte Zukunft in rosigen Farben entstehen.

Einige Unterkünfte in dem weißgetünchten, L-förmigen Häuserblock wurden bereits bewohnt. Munteres Kindergeschrei in verschiedenen Sprachen erfüllte den Spielplatz im Innenhof. Unleserliche Graffiti in dunkelgrüner Schmierschrift verunzierten den Hauseingang. Julia störte das nicht. Tim fühlte sich an schmutzige Straßenköter erinnert, die an jeder Ecke ihre Markierung hinterlassen mussten.

Aus einem umgedrehten, ursprünglich chromglänzenden und jetzt ziemlich ramponierten Supermarkt-Einkaufswagen hatten die Bewohner einen Grill gebastelt. Sie standen friedlich wartend vor dem über offener Flamme brutzelnden Fleischbrocken, einem Hammelstück. Die Umgebung duftete herrlich nach Knoblauch.

Tim und Julia freuten sich über die Errungenschaften des modernen Sozialstaates. Selbst innerhalb einer Ausbildung hätte sich Tim wegen niedrigen Einkommens eine Unterkunft in dieser Qualität niemals erlauben können.

Er hoffte, mit der eigenen Wohnung Abstand zu seiner Mutter zu gewinnen, immerhin trennte sie dann eine Entfernung von vier Kilometern Luftlinie. Christiane verhielt sich zusehends anstrengender, behandelte ihn wie einen Achtjährigen und putzte dauernd hinter ihm her. Nach jedem Wannenbad musste er den großen Hausputz, *GroHaPu* genannt, fürchten. Das mochte gut gemeint sein, doch er hatte genug von mütterlicher Fürsorge und Dauer-Besserwisserei. In launiger Stimmung bezeichnete sein Vater Christiane gelegentlich als *wilden Putzteufel*. Tim hielt diesen Ausdruck früher in seiner Deutlichkeit für uncharmant, heute aber zutreffend.

Er warf einen letzten Blick auf den weißen Häuserblock mit der Hausnummer elf und hielt für sich fest, dass es keine soziale Kälte gab. Staatliche Stellen grenzten niemanden

aufgrund seiner Herkunft, wegen verschuldeter oder unver-
schuldeter Notlage aus. Märchen, in denen Reiche immer
böse und Arme immer gut waren, hatte die Gesellschaft für
bare Münze genommen und unterstützte die Armen nach
Kräften. Das unergründliche Schicksal und der liebe Gott
wollten es so.

Es wurde dir beschieden.
Du triumphierst und jubelst laut:
Jetzt hab' ich endlich Frieden!

Ach Freundchen, rede nicht so wild.
Bezähme deine Zunge.
Ein jeder Wunsch, wenn er erfüllt,
Kriegt augenblicklich Junge. (Wilhelm Busch)

X

Depressive Pessimisten haben recht, resümierte Tim in verzweifelt schlaflosen Nächten. Wenn etwas schief gehen konnte, ging es tatsächlich schief. Und es gingen genau die Dinge schief, die den größtmöglichen Schaden anrichteten.

Er hatte sein Leben lang erwartungsvoll nach vorn gesehen. Wie ein Kleinkind am Heiligabend hibbelig auf den Weihnachtsmann wartete.
Waren dann die Geschenke ausgepackt, waren sie kurz auf ihre Spieltauglichkeit untersucht, verflüchtigte sich das Glück. Die Freude vermengte sich mit einem Tröpfchen Traurigkeit. Erfüllte Wünsche brachten Erfüllung für zwei Stunden. Sie raubten die Hoffnung, so lief das gesamte Leben ab.

Er erinnerte sich, wie stark ihn als Kind allein der Gedanke an ein eigenes Aquarium aufgeregt hatte. Wie fröhlich er durch sein Zimmer getanzt war, als es am achten Geburtstag endlich mit Pflanzen und Fischen auf dem Tisch stand. Und wie schnell die durch Noch-Nicht-Besitzen interessanten Fische zu schaler Normalität geworden waren. Die Tiere mutierten zu fütterungsintensiver Last, der nichts Besonderes oder Wertvolles anhaftete.

Seine Phantasie hatte kein Füttern-Müssen, keine Reinigungsarbeiten und keine zu Grunde gehenden Fische vorgesehen. Niemand dachte beim Traum vom eigenen Aquarium an Schmutz und Tod.

Die Realität präsentierte sich unerfreulicher.

Gegen den Hunger einen Fisch fangen und braten, gegen den Durst aus der kalten, klaren Quelle trinken. Würde man ausschließlich lebensnotwendige Dinge anstreben, das Leben könnte gleichförmig, einfach, klar und frei verlaufen. Romantisch-einfach stellte Tim sich in schlaflosen Stunden das unkomplizierte Leben in seliger Vergangenheit vor, in der guten alten Zeit. Als der Mann noch Herr im Haus war. Ohne Zwänge, ohne Einschränkungen und wegen der kurzen Lebenserwartung — ohne Mutter.

Zimmer aufräumen, Teller leer essen, rücksichtsvoll sein, Frauen bedauern, Zivildienst leisten, Wein vorkosten, Vater werden — so sollte sein Leben ablaufen? Es gestaltete sich zwar nicht langweilig, aber ebenso wenig einfach, klar und frei.

Bisher hatte er keine wichtige Entscheidung selbst getroffen, ausgenommen die scheinbar freiwillige Entscheidung zur Übernahme der Ansichten von Christiane, Uschi, Susanne und Julia. Vier tragende Säulen der Sinnstiftung. Oder waren sie sinnlos und er trug die Säulen?

Niemand hatte ihn gefragt, was er vom Leben erwartete und wie er sich die Welt vorstellte. Also hatte er alle eigenen Wünsche zurückgestellt.

Frauen setzten seiner Erfahrung nach ihren Willen durch, ohne auf Antworten zu warten oder wenigstens zu fragen. Sie schafften Realitäten nach Gutdünken, wie Männer es nur ausnahmsweise wagen würden. Im weiblichen Wesen lagen Glück und Unglück nahe beieinander. Der Honigtopf enthielt im besten Fall zu einem Viertel Honig, der Rest war ekliger Senf. Ich sollte mich nach einer fügsamen Asiatin umsehen, die mit mir Teezeremonie macht, überlegte er versöhnlich.

Tim wäre gern frei und ungebunden mit einer Harley-Davidson über endlos weite Landstraßen gebrettert, unter Missachtung sämtlicher Geschwindigkeitsbegrenzungen. Wenn schon eine eigene Wohnung, dürfte sie nicht ordentlich aufgeräumt sein. In der Küche würde eine vor drei Tagen angebrochene Dose Ravioli stehen und stinken, aber es wäre *seine* Dose und niemand hätte zu meckern. Das verschwitzte, beim Auskleiden umgedrehte Unterhemd läge eine Woche lang im Flur. Kosten für Besen und Staubtücher würde er sparen, Bücherwände mit *Playboy*-Sammelbänden sahen eingestaubt viel männlicher aus. Christiane würde gepeinigt von 'hausen' und 'vegetieren' sprechen, aber sie dürfte selbst dann keine Fenster putzen und Gardinen waschen, wenn sie inständig darum bettelte. Wozu brauchte ein Mann überhaupt Gardinen?

Mädchen würde er sich nach Schönheit, Anschmiegsamkeit, Haarfarbe und Beinlänge aussuchen. Sie dürften keine Ponyfrisur haben, niemals heulen und jede Beziehung würde höchstens zehn Tage dauern. Er würde fortgeschrittene Kochkenntnisse verlangen, Tütensuppen und Miracoli wären verboten. Schnelles Vergnügen. Keine Kompromisse.

Die Welt wollte bereist sein, in jedem Hafen der Karibik eine heiratsunwillige Braut. Auf Eigentum konnte er verzichten, kein Gegenstand gab Glück oder Zufriedenheit. Seine gesamte Habe würde in eine handliche Sporttasche passen. Für einen kurzen Kick könnte er einen Angeber-Porsche mieten. *Kerle zuerst!*

Einsam, aber frei. Garantie für Seelenheil und ruhigen Schlaf würde das unstete Leben als Easy Rider nicht bieten. Aber es wäre Tims eigenes Leben und seine höchsteigene Entscheidung gewesen.
Der schöne Traum von Unabhängigkeit und Selbstbestimmung ließ ihn in die eigentliche Traumwelt versinken. Seine Lider zuckten, als unruhiger Schlaf die Pforten zum Gehirngewitter weit öffnete:
Er thronte entspannt auf einem grauen, bequemen Cocktailsessel und sah auf das ältliche Tanzlehrerpaar. Mehr Menschen machte er nicht im Saal aus. Die beiden trugen weiße Gewänder und besaßen statt eines Gesichts eine hellgraue Fläche, schienen trotzdem zu grinsen. Bewegungslos wie Pappkameraden am Schießstand.
Bevor Tim sich wundern konnte, riss ihn jemand mit einem gewaltigen Ruck vom Sessel und er fand sich im Arm einer dicken Blondine wieder. Es war Bürstenschnitt-Birte aus seiner alten Schulklasse. Sie zog ihn kraftvoll auf die Tanzfläche, begann stampfend einen Walzer zu tanzen, ohne Musik, mit riesigen, weit ausholenden Schritten. Eins-Zwei-Drei, Eins-Zwei-Drei, Eins-Zwei-Drei. Ihr Knie schlug rhythmisch gegen sein Kinn. Träume machen alles möglich. Sie trug einen kobaltblauen Rock, dazu dunkelbraune, geschnürte Wanderstiefel aus Wildleder und ein bauchfreies T-Shirt. Er konnte keine Gegenwehr leisten, sie packte fest

zu und führte beim Tanz, alles drehte sich. Drehte sich immer schneller, bis Tim mit dem Rücken gegen die Wand krachte, kurz den Druck von Birtes Brüsten auf den Rippen spürte und der Raum wie abgeschaltet im Dunkel verschwand. Der Tanzsaal blieb tiefschwarz.

Du kannst Dir eine Frau entweder nach Charakter oder nach Schönheit der Beine auswählen, raunte ihm die beruhigende Stimme seines Vaters langsam zu. Die Wahrscheinlichkeit, dass Du die richtige Wahl triffst, ist nach beiden Kriterien gleich.
Tim konnte offensichtlich nichts falsch machen.

Millimeterhohe Wellen schwappten sacht ans seichte Ufer. Er sah seinen Vater am Strand auf einer Hängematte zwischen hohen Kokospalmen liegen, einen roten Cocktail mit abgeknicktem Strohhalm und rotweiß gestreiftem Papierschirmchen in der Hand. Drei andeutungsweise bekleidete, dunkelhäutige Schönheiten mit schulterlangen Haaren und Beinen fächelten ihm mit großen Palmwedeln langsam Kühlung zu. Sein Vater hatte sich gegen den Charakter und für die schönen Beine entschieden.
Unvermittelt saß Tim auf einer Holzbank unter uralten Birken, an einem lichtdurchfluteten See. Die Holzbank in hohem, blühendem Gras sah abgewetzt aus wie die Stühle bei MAMMA MIA. Das blaugrüne, gekräuselte Wasser bewegte sich nicht und blieb starr wie ein Ölgemälde von Van Gogh. Susanne ging schwebend an ihm vorbei, bekleidet mit einem langen, blassgelben Sommerkleid. Eng geschnitten und so transparent, dass sie eigentlich ihre Figur trug. Tim stand in Zeitlupe auf und folgte ihr, konnte sie aber nicht erreichen. Er lief los, ohne Susanne zu sehen und rannte in

die Richtung, in die sie verschwunden war. Das Grün der Birken leuchtete für einen Augenblick seltsam unwirklich, er stolperte über eine vorstehende Baumwurzel, fiel nach vorn und — wachte auf.

Schweißgebadet überlegte er für einige Sekunden, ob er jetzt unter Birken im blühenden Gras vor der Holzbank lag.

Erschrocken und ärgerlich drehte er sich auf den Rücken, schaltete die kleine Leselampe über dem Bett ein, kniff wegen der Helligkeit kurz die Augen zu. Sein Atem ging schnell, der Sturz war ihm echt vorgekommen. Nicht wie ein Traum. Susanne hatte mit ihren langsamen, weichen Bewegungen real und unglaublich verlockend ausgesehen.

Eingerollt wie ein Embryo und völlig verkrampft hatte er geschlafen, schmerzende Muskeln waren die Folge. Vorsichtige Streckübungen vertrieben die Schmerzen nur wenig. Das Kinn war trotz Traumkontakt mit Birtes Knie unversehrt, er tastete unsicher danach. Kein Kieferbruch, nur ein paar Bartstoppeln.

Tim starrte an die Decke, gähnte ausgiebig und fühlte, dass er zu müde war für einen erholsamen Schlaf.

Wenn Schäfchenzählen kein Einschlafen bewirkte, sollte Milch getrunken, ein Apfel gegessen oder in einem öden Buch geblättert werden. Solche Ratschläge hatte Tim in der Frauenzeitschrift *Frau mit Herz* beim Friseur gelesen. Gleich neben den Schlankheitstipps und der Reklame für weiße Baldriandragees mit gezeichneten Schäfchen. Äpfel schmeckten ihm zu sauer und wegen eines Glases Milch mochte er nicht zum Kühlschrank laufen. Da blieb nur ein Buch als Schäfchenersatz.

Auf seinem Nachttisch lag neben dem schwarzen Mini-CD-Player und den niesfesten Papiertaschentüchern ein ungeschickt verpacktes Geschenk seines Vaters.

Das goldsternchengeschmückte, dunkelblaue Weihnachtspapier zeigte kleine Risse am Rand. Tim griff uninteressiert danach, entfernte das Papier streifenweise und hielt ein Buch mit dem Titel *Elementarteilchen* von Michel Houellebecq in der Hand. Toller Nachname, wenn seine Lehrerin Uschi den Michel heiraten würde, könnte sie sich Müller-Schegoleit-Houellebecq nennen.

Wie er auf dem Klappentext las, beschrieb der Roman den Zusammenbruch der Menschlichkeit durch sexuelle Liberalisierung am Schicksal zweier Brüder. Das versprach einschläfernde Öde im Übermaß, Tim blätterte ohne Interesse darin herum. *Die Frauen waren einfach besser als die Männer. Sie waren zärtlicher, liebevoller mitfühlender; sie neigten weniger zu Gewalttätigkeit, Egoismus, Selbstbehauptung, Grausamkeit. Außerdem waren sie vernünftiger, intelligenter und fleißiger,* las er an einer Stelle, klappte das Buch zu und warf es schwungvoll unter sein Bett. Dort könnten es seine Nachfahrinnen finden, wenn nicht Christiane schneller wäre. Sie würde mit Sicherheit schneller sein. Bei ihrer Lieblingsbeschäftigung, dem Staubwischen, würde sie den Band entdecken und die Ruhe wäre vorbei.

Sein Vater war kein kerniger Kerl mehr. Bücher mit derart positiver Frauenbeschreibung passten nicht zu seinem Charakter. Richtige Machos verschenkten Hemingway, *Der alte Mann und das Meer*. Entweder sein Vater wurde alt oder er hatte heimlich seine Meinung über Frauen geändert.

Tim löschte das Licht der Leselampe, rollte sich in die Bettdecke ein und akzeptierte für diese Nacht, nicht mehr schlafen zu können.

Recht zu handeln
Grad zu wandeln
Sei des edlen Mannes Wahl (Goethe)

XI

Tim kümmerte sich rührend und ziemlich geschickt um Malte, während die immer noch unförmige Julia als inzwischen examinierte Krankenschwester halbtags arbeitete. In den acht Wochen des Mutterschaftsurlaubs hatte Julia ihm die wesentlichen Handgriffe und Fertigkeiten zur Versorgung des Säuglings beigebracht. Füttern, Waschen und Windeln, ohne Malte fallen zu lassen oder ein Körperteil abzubrechen. Tim pflegte seinen Sohn fürsorglich und machte sich viel Mühe mit ihm, getrieben von einem unentrinnbar schlechten Gewissen.

Zwanzig Minuten lang klopfte er leicht auf Maltes Bauchdecke, denn neben den sichtbaren Beeinträchtigungen war die Blase des tapferen Kleinen keine gewöhnliche Blase. Sie musste regelmäßig durch Klopfen angeregt werden, damit sie ihrer Funktion nachkam und nicht platzte.

Malte erwies sich als tapferer kleiner Junge. Wenn er in entspannten Momenten zwischen Krämpfen in Richtung seines Vaters sah und ihre Blicke sich trafen, glaubte Tim, sein Herz würde zerreißen. Er empfand tiefe Zuneigung für sein Kind, aber zugleich Schmerz und ohnmächtige Hilflosigkeit.

Unerwartet klingelte es in Gerichtsvollzieherqualität an der Haustür, sein Vater stand davor. Tim freute sich und öffnete schnell die Tür.

Seinen Vater betrachtete er als umgänglichen Menschen, weniger besitzergreifend als Christiane. Er trat ausgeglichener und gelassener auf. Meistens versprühte er mit Anekdoten aus seinem Büroalltag und schlüpfrigen Herrenwitzen gute Laune. Nach den bedrückenden letzten Wochen, in denen er nicht mehr gelacht hatte, freute sich Tim auf ablenkende Zerstreuung.

Sein Vater hatte ihn seit dem Treffen bei MAMMA MIA nie mehr besucht. Entweder er mochte kleine Kinder nicht oder er war unsicher, wie er mit einem behinderten Jungen umgehen sollte. Da litten viele Menschen unter Hemmungen.

Er wirkte leicht abgekämpft, schien aber bester Stimmung. Durch den wollweißen Trenchcoat, eine hellgraue Hose und einen gelben Pullover wurde der Eindruck noch verstärkt. Kräftig drückte er Tims Hand zur Begrüßung, entledigte sich mit elegantem Schwung seines Mantels und zog den Pullover glatt. Ungestüm wie ein Jüngling setzte er sich.

Nach zwei gut geschenkten Gläsern Rotwein erzählte er die Neuigkeit aus seinem Leben: Ich bin obdachlos!

Tim glaubte zunächst an einen der üblichen Scherze. Er wusste aus frischer Erfahrung, wie unbürokratisch der Staat in solchen Problemsituationen reagierte. Aber Mimik und Augen seines Vaters machten deutlich, dass der keinen Witz erzählte.

In seiner kleinen Zweizimmerwohnung hatte er Verena aufgenommen. Sie war aus ihrer Frauen-Wohngemeinschaft geflohen, denn es gab Zwistigkeiten wegen des Küchendienstes. Verena beschuldigte eine Mitbewohnerin, das Geschirr unregelmäßig und dann auch nur unordentlich abzuwaschen. Hier stockte der Bericht seines Vaters. So richtig aufgenommen habe ich Verena nicht, räumte er ein, mit zwei Koffern voller Bekleidung und Schallplatten stand sie heulend vor meiner Tür. Seitdem wohnte sie bei mir und entschied, zu bleiben. Tims Vater rieb sich das Kinn und druckste ein wenig herum, ihm war die ganze Sache peinlich. Verena erwartete ein Kind.

Sie hatte vergessen, ihre Anti-Baby-Pille einzunehmen. Selbst einem erfahrenen Lebemann kann so etwas passieren, stellte er fest und verbat sich hämische Bemerkungen.

Tim gingen griesgrämige Gedanken durch den Kopf. Wenn ein Mädchen versichert, sich um die Verhütung zu kümmern und das dennoch nicht tut, sollte dieser Betrug ein Straftatbestand sein. Er wäre schwer zu beweisen, aber das war bei der Vergewaltigung eines Mädchens ähnlich. Stellte es nicht eine Form von Vergewaltigung dar, wenn ein Mann in die Babyfalle gelockt wurde und dafür lange Jahre bezahlen musste? In allen anderen Lebensbereichen galt, dass derjenige für einen Schaden geradezustehen hatte, der ihn verursachte. Ein Kind war kein Schaden, einen finanziellen Nachteil verursachte es durchaus. Sterilisation blieb neben Verzicht auf Sex der einzige Weg, weiblicher Hinterhältigkeit in Verhütungsdingen zu entgehen.

Verena hat sich mit der Schwangerschaft schlagartig verändert, erzählte sein Vater weiter, ihre Anschmiegsamkeit ist kompromissloser Dickköpfigkeit gewichen.

Wenn wir zusammen bleiben, muss ich nett sein und das will ich nicht, waren ihre Worte. Nichts konnte ich ihr mehr recht machen. Sie wollte weder Gleichberechtigung noch Harmonie, da bin ich lieber ausgezogen. Zum Glück verdiene ich genug, denn ich darf demnächst Unterhalt für Verena und Kind zahlen.

Diese Geschichte kam Tim bekannt vor. Angesichts des Hämeverbots unterließ er aber einen geistreichen Kommentar.

Tims Vater musste von nun an jede Nacht bei einer anderen Freundin übernachten. Leider habe ich keine 365 Freundinnen, bedauerte er.

Das Übernachtungsangebot seines Sohne lehnte er dankend ab und wies mit einer Kopfbewegung auf Malte. Du hast schon genug Sorgen und Probleme am Hals. Das Glück, sagte er tief überzeugt, liegt allenfalls für ein paar Minuten zwischen schönen Mädchenbeinen, länger nicht.

Tim mochte das Gehörte kaum glauben. Verena hatte er nicht als Furie im Gedächtnis. Frauen wie Julia und Verena kamen wie ein Danaergeschenk. Man freute sich über die Schönheit und Anmut, ließ es herein und über Nacht hielt unendliches Grauen Einzug. Troja bekam sein Holzpferd, Tim bekam Julia und sein Vater Verena.

Ihm fiel ein, wie Lehrerin Uschi abgestritten hatte, dass nur unverheiratete Vogelscheuchen Gleichberechtigung forderten. Die hübsche Verena ähnelte zwar keiner Vogelscheuche, aber Tims Vater hatte eine Ehe nie in Erwägung gezogen. Neue Gesetze stellten ledige Mütter verheirateten Frauen gleich, sie bekamen Geld vom nicht mehr geliebten Mann. Tim fragte sich, wann jede Frau ohne Nachwuchs Unterhalt kassieren könnte, schließlich müsste sie solchen mit Kind oder Ehemann gleichgestellt werden. Konsequenterweise wären die Kosten von unverheirateten und kinderlosen Männern zu finanzieren. Tim guckte fassungslos, sein Vater grinste dagegen guter Dinge.

Warum beschränken sich Frauen nicht einfach darauf, still in der Ecke zu sitzen und hübsch auszusehen? fragte er mit blitzenden Augen. Statt dessen zicken sie herum und machen sich Rosinen pickend auf dem Arbeitsmarkt breit. Dabei ist ihr Ziel das Kindermachen und der Job nur Spielerei.

Er trank genüsslich einen großen Schluck Wein, leckte sich die Lippen und stellte sein Glas behutsam ab.
Ich will keine feste Beziehung, behauptete er markig, an der nächsten Ecke wartet das nächste schöne Mädchen auf mich. Ein gesunder Mann braucht Abwechslung statt jeden Tag Eintopf. Seine Hand zeigte auf das Fenster. Diese Dinger sehen schlicht entsetzlich aus, typisch kitschiger Frauengeschmack.
Gegenstand seiner Kritik war ein durchscheinendes, handgemaltes Fensterbild der Kategorie *Das ist jetzt nicht so geworden, aber zu schade zum Wegwerfen.* Tim zuckte mit den Schultern. Er betrachtete das verunglückte Maikäferbild auch als Zumutung.

Gern wollte er seinem Vater bei der Wohnungssuche behilflich sein. In einer Stunde Christiane erwarte ich Christiane, sagte er, eventuell hilft sie Dir mit ihren Kontakten im Kindergarten. Sein Vater wollte aber nicht mit Christiane zusammentreffen. Ich bevorzuge erheblich jüngere Damen, sagte er augenzwinkernd und verabschiedete sich mit einem Witz: *Weißt Du, warum Frauen ausschließlich beim Sex denken können? Nein? Ganz einfach – nur dann haben sie eine Verbindung zum Hauptcomputer!* Lachend verschwand er.

Nachdenklich und sorgenvoll streifte Tims Blick sein Kind. Malte verdrehte die Augen in Richtung Zimmerdecke, seine

Pupillen verschwanden beinahe. Tim dachte an den schwer verletzten Motorradfahrer damals in der Klinik, mehr Matsch als Mensch. Wie der, großflächig zusammengenäht, mit Schläuchen und Elektroden an den lebenserhaltenden Maschinen hing, monatelang. Dieser Anblick und das Piepgeräusch der Geräte hatten Tim bis in den unruhigen Schlaf hinein verfolgt. Der Verletzte lag im Koma, bekam Nahrung mit einer Magensonde, er wurde dialysiert und beatmet. Vollkommen hilflos, hatte *Easy Rider* aber eine Zukunft, wenigstens eine winzige Zukunftsaussicht.

Malte würde zu keinem Zeitpunkt etwas ohne fremde Hilfe unternehmen können. Immerhin atmete er selbständig. Ein unbeaufsichtigtes Sonnenbad wäre später unmöglich, denn es müsste jemand anwesend sein, der ihn regelmäßig wendet, damit er nicht anbrennt wie eine Thüringer Bratwurst, sinnierte Tim resigniert. Zuneigung oder körperliche Nähe durch andere Menschen als Pflegepersonal und Familienmitglieder würde er kaum bekommen. Vermutlich würde Malte eines Tages ein Mädchen lieb haben wollen. Keine Chance, man bräuchte ihn nicht vor schnellem Vergnügen zu warnen. Tim fand das Leben mit seinen Windungen schon für körperlich gesunde Menschen schwierig.

Im Bewusstsein der dunklen Zeit, in der die gesunde Mehrheit behinderten Menschen das Lebensrecht abgesprochen hatte, wollte er die auferlegte Verantwortung für sein Kind nicht tragen. Er fühlte sich von einer tonnenschweren Last erdrückt und überfordert. Vielleicht hatte sein Kind den Wunsch zu leben, vielleicht nicht. Malte konnte weder entscheiden, weder seinen Willen äußern noch handeln — also sollte es jemand in seinem vermuteten Sinn für ihn tun, überlegte er. Selbst wenn Malte eines Tages gesunden

Kopfes eine Entscheidung über Sein oder Nicht-Sein treffen könnte, hätte er keine Handlungsmöglichkeiten.

Tim wusste aus der Schule, dass Menschen in keinem Fall über Leben und Tod eines anderen befinden durften. Er hatte den Kriegsdienst verweigert. Er war ein überzeugter Gegner der Todesstrafe.

Ob Ärzte in vergangenen Jahrhunderten abgewogen und kranke Kinder einfach getötet hatten, um den unglücklichen Eltern danach in frommer Lüge von einer Totgeburt zu berichten? Lebten deshalb früher weniger behinderte Kinder? Warum hatte sich Julia mit Wissen und Wollen für ein krankes Kind entschieden? Und wenn es eine Grenze gab, von der an ein Leben nicht lebenswert sein sollte, wo verlief diese Grenze?

Ein anderer Mensch könnte seine Lage nicht verstehen und beurteilen. Tim beschloss, seine eigenen Maßstäbe anzulegen. Es war ein Unterschied, über theoretische Moralerwägungen zu philosophieren oder eine Problemlösung für einen lebenden Menschen zu finden.

Andererseits könnte Malte von staatlicher und menschlicher Solidarität profitieren. Der Staat hatte es gerechterweise so eingerichtet, dass Malte wegen seiner Krankheiten einen oder mehrere Lehrer für sich allein haben würde. Dreißig gesunde Kinder dagegen mussten sich einen Lehrer teilen. Um ausreichend Pflegepersonal sorgte Tim sich ebenfalls nicht: Eine öffentliche Versicherung für den Pflegefall deckte das Risiko ab.

Er wollte kein Zyniker sein und löschte diese Überlegungen aus dem Kopfspeicher.

Erneut schreckte er aus seinen Gedanken hoch, diesmal von Christianes Klingeln. Lächelnd kam sie herein und legte einen beigefarbenen Leinen-Kaufhausbeutel mit Krabbelanzug und bunten Spielzeug-Holzklötzchen für Malte auf den Stuhl. Sinnloses Spielzeug, denn Malte wird mit seinen seltsam nach innen gebogenen Händchen nie etwas festhalten können, ging es Tim durch den Kopf.

Er bedankte sich höflich.

Christiane nahm einen orangefarbenen Plüschteddy in die Hand und wedelte damit vor Maltes immer noch verdrehten Augen herum. Eine neue hellblaue Bettdecke samt Inlett und hellblauem Kissen hatte sie als Extrageschenk mitgebracht.

Sie strich ihre Ponyfrisur glatt, plapperte fröhlich vor sich hin und fragte, wie sich Tim als stolzer Vater fühle.

Verhaltene Wut stieg in ihm auf.

Es müsste einfach überwältigend sein, den eigenen Nachwuchs im Arm zu halten und zu knuddeln. Tuzzi-tuzzi-tuzzi, sagte sie zu Malte. Der machte große Augen und sabberte.

Es ist toll, als Mutter ein kleines Menschenbündel heranwachsen zu sehen und mit einem Baby zu schmusen, freute sich Christiane. Ohne eine Reaktion abzuwarten, lobte sie ihren Sohn ausgiebig, weil er sich so aufopfernd um den Kleinen kümmerte. Julia hätte das unerwartete Schicksal mit einem kranken Kind hart getroffen und sie bräuchte Tims Unterstützung.

Mein Sohn hat mich zur Großmutter gemacht, ihr helles Lachen erfüllte den Raum. Dann klopfte sie sich verbal auf die Schulter: Rücksichtnahme und Verantwortung gegenüber Frauen habe sie in den Mittelpunkt von Tims Erziehung gestellt. Das würde Früchte tragen, er sei jetzt ein Mann, wie frau ihn sich nur wünschen könnte. Irgendwann würde Julia ihn deshalb bestimmt heiraten. Später käme ein gesundes Kind hinterher, das wäre toll.

Es gibt nichts Schöneres als eine große Familie, wenn alle gemeinsam beim Weihnachtsbraten sitzen und sich über ihre Geschenke freuen, jubilierte sie.

Tims aufgestiegener Zorn steigerte sich zu stechenden Kopfschmerzen. Malte wird nicht selbst sitzen können, dachte er erbost. Sehr leise, beinahe tonlos unterbrach er Christianes Wortschwall und fragte:

Warum?

Seine Mutter sah ihn verdutzt an.

Warum hast Du mir eingetrichtert, dass Frauen die besseren Menschen sind?

Warum entscheiden Frauen allein über Kindersegen?

Warum heiraten Chefärzte Krankenschwestern, Chefärztinnen aber keine Krankenpfleger?

Warum hast Du im Rahmen meiner Erziehung niemals erwähnt, dass Frauen ihre Partner auswählen, nicht umgekehrt?

Warum freuen sich Männer in romantischem Überschwang über ein Mädchen im Arm und die Kleine überlegt nur, was daraus werden könnte?

Warum hast Du mir verschwiegen, dass es Frauen gibt, die gerne Sex mögen?

Warum-Fragen erblühten farbenprächtig wie ein Kaleidoskop, aber Tim wollte sie nicht mehr aussprechen. Er kannte Christianes gebetsmühlenartige Antworten.

Sie würde etwas von typisch männlichen Missverständnissen murmeln. Und davon, dass Frauen früher ihre Kinder auf dem Kartoffelacker bekommen und danach wieder fleißig Kartoffeln eingesammelt hätten.

Seine immer noch verständnislose Mutter sah ihn an und wollte wissen, weshalb er nach einem *Warum* frage. Eine Antwort blieb Tim schuldig.

Christiane schien die Stimmung wohl zu unheimlich, sie machte sich schnell auf den Weg. Deine Guppys brauchen jetzt Futter, sagte sie lahm.

Erleichtert pustete Tim mit dicken Backen die Luft aus den Lungen — endlich war er alleine mit Malte und seinen Gedanken. Der Kleine wollte augenscheinlich vor Hunger brüllen, war wie immer unhörbar und Spasmen quälten ihn.

Tim ertrug es nicht. Er wollte das nicht, er hatte das von Beginn an nicht gewollt. Mit dem frischen, hellblauen Deckchen von Christiane unter dem Arm näherte er sich Malte und sah ihn an. Er strich ihm liebevoll über das blonde Lockenköpfchen. Malte sah in die Augen seines Vaters.

Time beendete weinend das Leiden seines kleinen Sohnes.

Gewiss, weil wir doch einmal so gemacht sind, dass wir alles mit uns und uns mit allem vergleichen, so liegt Glück oder Elend in den Gegenständen, womit wir uns zusammenhalten, und da ist nichts gefährlicher als die Einsamkeit. (Goethe)

XII

Der gewissenhafte Richter — diesmal kein süß-tapsiger Brummbär wie bei Susanne — ordnete sogleich Untersuchungshaft an. Die würde im härtesten Fall sechs lange Monate dauern. Tim hatte sich selbst im Polizeirevier gestellt, wollte weder flüchten noch etwas verdunkeln. Er wies einen festen Wohnsitz nach und verstand daher die richterliche Entscheidung für eine Untersuchungshaft nicht.

Als positiver Nebeneffekt des Freiheitsverlustes erwies sich die viele Zeit zum Nachdenken. Tim hatte das Bedürfnis, sein Innerstes aufzuräumen und eine seelische Inventur vorzunehmen. Ein Aufenthalt außerhalb des vergitterten Areals hätte nur Ablenkung vom Wesentlichen bedeutet.
Ihm wäre eine angenehmere Umgebung lieber gewesen, auch wenn das Leben als Häftling erträglich ablief. Solange das Gericht und die Staatsanwaltschaft den Fall untersuchten, galt er als nicht verurteilt und konnte sich Essen vom Pizzadienst bringen lassen. Kalbskopf mit Belugalinsen-Vinaigrette an gefüllten Calamares aus dem Luxusrestaurant oder schleimgewordene Nordsee in Form von Austern wären ihm durchaus erlaubt worden. Er bestellte sich eine Pizza *Gigante Primavera mit extra Käse*, denn die Gefängnisküche war kein Gourmet-Tempel. Selbst die Köchin im drittklassigen Ostsee-Hotel SEEMÖWE hatte fettärmer und

besser gekocht. Lebensfreude konnte ihm die Pizza nicht zurückgeben, er fühlte sich aus der Bahn geworfen.

Vor seinem geistigen Auge ließ Tim die Zeit in der Grundschule Revue passieren. Er erinnerte sich an die jährlichen Darbietungen des lustigen Polizeikaspertheaters. Schon als kleiner Jungen wusste er wie allen anderen künftigen Verkehrsteilnehmer, dass der Kasper keine eigene Meinung äußerte, sondern von einer unsichtbaren Hand geführt wurde. Kasper sprach mit der verstellten Stimme des Polizisten und der hockte hinter dem bunten Papptheater.

Allein die Vorstellung, der Kasper oder das böse Krokodil hätten Gewalt über den versteckten Mann unter sich gehabt, hätte er absurd gefunden.

Tim erschien die Welt wie ein einziges, riesiges Puppentheater. Auf der politischen Bühne und in Konzernzentralen hatte er überall seriös gekleidete und souverän wirkende Herren als selbstsichere Lenker der Geschicke beobachtet. Die in Wirklichkeit Strippen ziehenden Damen blieben unsichtbar, sie versteckten sich mit unschuldigem Augenaufschlag hinter ihrer Rolle als allzeit ausgebeutete, hilfsbedürftige und machtlose Opfer. Dabei steckte hinter jedem erfolgreichen Mann eine noch ehrgeizigere Frau.

Männer waren in der realen Welt richtige Kasper.

Geschmeidige Frauenhände führten sie zu Meinungen und Taten. Und die Herren merkten es nicht einmal.

Wenn die Damenwelt es darauf abgesehen hätte, wäre die Abwahl aller Männer aus politischen Ämtern mit weiblicher Bevölkerungsmehrheit von über fünfzig Prozent seit Jahrzehnten möglich gewesen. Frauen bedienten sich dieser Macht nicht, warum sollten sie? Sie waren statt Opfer nur theaterreife Opfer*darsteller*, um Vorteile für sich zu erzielen und keine Verantwortung zu tragen. Männliche Wesen durften die Führung übernehmen, solange sie im vorgeschriebenen Walzertakt tanzten.

Schutzbedürftigen-Status als Herrschaftsinstrument – Tim ärgerte sich, dieses offenkundige und verbreitete Prinzip so spät erkannt zu haben. Die Chance dazu hatte es im Deutschunterricht gegeben, als sein Tischnachbar ihn ständig knuffte. Spontane Gegenwehr oder Zurückschlagen waren nicht erlaubt, denn das arme Menschenkind trug eine Brille mit Gläsern von der Dicke eines Colaflaschenbodens und sonnte sich deshalb in einer unschlagbaren Position. Jemanden mit Handicap durfte er nicht schlagen.

Mädchen verhauen war auch tabu, eben weil sie Mädchen waren. Das galt unabhängig davon, ob sie ihm etwas Schlimmes angetan hatten oder über die Statur eines Ringers geboten. Das Schutzbedürftigen-Prinzip funktionierte immer.

Ursula Müller-Schegoleit hatte ihn anhand von einseitig ausgewählten Büchern lernen lassen, dass weibliche Menschen unschuldig zu ewigen Opfern geboren wurden. Genau, wie Männer mit einer Art Täter-Gen schuldig auf die Welt kamen, um schwache Frauen auszubeuten.
Tim grinste innerlich. Diesem Unsinn war er sehenden Auges und wachen Verstandes auf den Leim gegangen. Damit beschäftigt, ein ehrlicher Frauenversteher und ein perfekter Frauenflüsterer zu werden, hatten die Hilflosen ihn um den zierlichen Finger gewickelt.

Mit seiner Kritiklosigkeit lieferte er sich der Willkür und den nicht immer angenehmen Launen des anderen Geschlechts aus.

Wollte Susanne erfreulicherweise mit ihm schlafen, hatte er ihr Motiv niemals hinterfragt, sondern eine Gefälligkeit vermutet. Wollte er selbst Sex, war dieser Wunsch in seinen Augen ein egoistisch-schmutziges Vergnügen, das die süße Susanne schändlich auf ihr attraktives Äußeres reduzierte.

Damals schien es ihm im Geiste aktueller Frauenliteratur plausibel und unbedingt notwendig, triebgesteuertes Verhalten je nach Geschlechtszugehörigkeit moralisch unterschiedlich zu bewerten. Frauen bekamen Kinder, ihr Sexualverhalten strahlte deshalb etwas mystisch-edles aus. Männer hatten dagegen Schweinkram im Kopf.
Frau gut – Mann böse. Eine einfache und überschaubare Welt, obwohl unsichtbare Gene beide Geschlechter gleichermaßen zum Handeln zwangen. Östrogen wirkte als Gutmenschhormon, Testosteron als das Hormon der Schlechtmenschen.

Als man bei Susanne ihr totes Kind fand, hatte der Staatsanwalt eine Untersuchungshaft für die Schöne nicht einmal in Erwägung gezogen. Trotz vieler ungeklärter Umstände. Tim wären einige Fragen eingefallen, auf die er von Susanne gerne eine Antwort bekommen hätte. Angeblich war damals nichts im Dunkeln geblieben, jedenfalls für den Richter.
Tim erfuhr trotz seines Geständnisses bei der Polizei eine unfreundlichere Behandlung, das Gericht vermutete bei tatverdächtigen Männern generell ein Verdunklungs-Gen.

Im Gefängnis lebte er ausschließlich mit männlichen Tätern zusammen und akzeptierte sie. Die Kerle waren schwierig im Umgang, ungepflegt und schlecht erzogen. Schuldgefühle musste er ihnen jedoch nicht entgegenbringen. Sie heulten keine Tränen statt Argumente. Es war in Ordnung, Mann zu sein.

Zu seinem Erstaunen gehörte er nicht in die unterste Stufe der Gefängnishierarchie. Normalerweise galten Kindesmörder selbst unter Straftätern als Abschaum.

Seine verwegen tätowierten Mitgefangenen verfügten nur über einfach strukturierte Gedankengänge. Dennoch, vielleicht auch deswegen verstanden sie Tims Beweggründe, Malte zu töten. Gerade die am wenigsten hellen Köpfe konnten die Schwere seines Konflikts nachempfinden.

Ich hasse Honig!

Tim absolvierte mit den anderen Gefangenen seinen täglichen halbstündigen Rundgang im Innenhof an der frischen Luft. Er sah nach links neben sich, um festzustellen, wer denn da süßem Brotaufstrich nichts abgewinnen konnte. Oliver ging halb schräg hinter ihm. Oliver, ein glatzköpfiger Mann mit graugescheckem Bart und trauerrandgeschmückten Fingernägeln. Der Mittvierziger von gedrungener Statur überraschte durch eine entfernte Ähnlichkeit mit Oliver Hardy und wurde wie dieser *Ollie* genannt. Über Ollie wurden gern derbe Scherze gemacht. Ein Insasse hatte Tim berichtet, dass Ollie wegen exhibitionistischer Handlungen einsaß. Tim amüsierte das. Mädchen überall auf der Welt kassierten viel Geld, wenn sie sich auszogen. Männer kamen dafür in den Knast.

Schon als Kind hat mich meine Mutter immer mit Honigbrot zugestopft, jammerte Ollie und schnäuzte hupend in sein kariertes Stofftaschentuch. Jetzt bringt sie mir glasweise Honig hierher, weil der so gesund ist. Ich hasse Honig!

Er begann, sein Leben zu erzählen. Ohne zu fragen, ob Tim das interessiert. Ollie hatte im Alter von neunzehn Jahren geheiratet. Seine Freundin wollte die Ehe, wegen der Religion. Nach und nach bekam sie vier Kinder. Tim musste sich ein verknittertes Foto der Kleinen ansehen. Sie standen neben ihrer angewelkten Mutter vor einem kitschig geschmückten Weihnachtsbaum mit golden glänzender Kugelspitze.
Liebenswerte Menschen, die Tim aber nicht gerne als Nachbarn gehabt hätte.
Meine Frau wurde zusehends gnatziger, weil das Gehalt nicht einmal für Urlaub auf Mallorca reichte, klagte Ollie kurzatmig, denn ich habe als Mechaniker in einer Motorradwerkstatt doch keine Millionen verdient. Wütend kickte er eine Zigarettenkippe zur Seite.
Ich nahm darum zusätzlich einen Nebenjob als Prospektverteiler an. Dann nörgelte meine Frau unzufrieden, weil ich manchmal Fußball spielte.

Also spielte er nicht mehr Fußball. Auf ihren Wunsch hin gewöhnte er sich das Rauchen ab und trank weniger Bier.
Immer hängst Du abends zu Hause herum, hatte seine Frau gezetert und sich für tagsüber einen Liebhaber genommen. Als Ollie dahinter kam, verlangte sie die Scheidung. Der neue Liebhaber sei so einfühlsam und würde viel mehr Zeit mit den Kindern verbringen. Ollie jammerte, bettelte und drohte täglich mit Selbstmord, sie aber reagierte immer abweisender. Er musste die Wohnung verlassen, durfte seine Kinder nicht mehr sehen und statt dessen Unterhalt zahlen. Als die Polizei seine Frau wegen der Verhaftung anrief, kam

der Inspektor kaum zu Wort. An welchem Baum baumelt mein Mann denn? fragte sie nur lakonisch.

Tim wurde es zu viel und er unterbrach die Lebensgeschichte. Weißt Du, sagte er abgeklärt, wir Männer mögen eine Frau genau so, wie sie ist. Frauen dagegen sehen uns Männer als Rohdiamanten, den sie noch gehörig schleifen müssen. Und sobald sie uns geändert haben, mögen sie uns nicht mehr — so einfach ist das.
Damit ließ er Ollie stehen.

Alle vierzehn Tage donnerstags um halb vier kam Tims Mutter für dreißig Minuten zu Besuch.
Eine unwillkommene Abwechslung, auch wenn ihn sonst niemand besuchte. Jedes Mal versicherte sie, dass sich bestimmt alles zum Besten wenden werde, ohne zu erläutern, was sie darunter verstand.
Er musste sich anhören, dass es seinen Fischen im Aquarium gut ginge und dass die Weibchen immerzu winzigen Nachwuchs bekämen. Zu Essen brachte Christiane bei jeder Visite etwas mit — leider keine Königsberger Klopse in Kapernsauce, sondern liebevoll geschmierte, mit Radieschen verzierte und in Pergamentpapier eingewickelte Mettwurstbrote.

Christiane kratzte sich mit dem Zeigefinger an der Nase. Sie vermied bewusst und innerlich verkrampft, Tims Tat zu erwähnen. Eine peinliche, lastende Stille drohte, das Gespräch zwischen Mutter und Sohn ersterben zu lassen. Ihr gut gemeinter Versuch, mit Bemerkungen über die vom Schicksal hart geschlagene Julia, die es in dieser Situation nicht leicht habe, eine Unterhaltung in Gang zu halten, schlug fehl.

Tims sprach es zwar nicht aus, aber seine Bereitschaft, an einem weiblichen Wesen etwas Bedauernswertes oder Schutzbedürftiges zu entdecken, tendierte gegen Null, zuweilen weit in den roten Minusbereich.

Seine Miene hellte sich erst auf, als die Besuchszeit zu Ende ging und Christiane sich auf den Heimweg begab. Kopf hoch, sagte sie zum Abschied, es wird schon wieder.

Jetzt waren ihm zwei Wochen Ruhe vor Frauen sicher.

Tim stand der Sinn nicht nach Gesprächen. Eigenbrötlerisch entwickelte er einen Hang zum Zynismus. Wenn ihn die Welt außerhalb der Haftanstalt interessierte, holte er sich Informationen über ein kleines, billiges Uhrenradio mit krächzendem Klang und schlechter Sendertrennung. Die Leuchtskala war auf *Klassik-Radio* eingestellt, seinem veränderten Musikgeschmack angepasst. Am liebsten hörte er alte Gitarrenkonzerte und Sinfonien. Die hatten Männer komponiert.

Christiane verließ ihn kurz nach sechzehn Uhr. Er schaltete schnell das Radio ein, um den Rest der Nachrichten zu hören. In Bangladesch hatte es eine Überschwemmung gegeben. Südspanien litt unter starker Dürre, wegen der gefährdeten Weinernte sollte die Europäische Union mit Subventionen helfen. Ein Politiker war mit osteuropäischen Prostituierten erwischt worden und bat um eine zweite Chance. Bei einem Busunglück in Südafrika waren zwölf Menschen zu Tode gekommen, darunter vier Frauen, wie der Nachrichtensprecher salbungsvoll betonte. Vier Probleme weniger, dachte Tim grimmig. Er betätigte unwillig den Kippschalter des Radios und genoss für einen Moment die Stille.

Um sich für den Abend etwas abzulenken, entschloss er sich zu einem Gang in die Gefängnisbibliothek. Er fand sie hell ausgeleuchtet und gut ausgestattet vor, jedoch nicht so einladend möbliert wie eine öffentliche Bücherhalle. Tim war der einzige Besucher. Ollie und die anderen Mitgefangenen gehörten den bildungsfernen Schichten an und zogen Fußballübertragungen im Fernsehraum vor.

Er suchte danach und entdeckte zu seinem Erstaunen Werke, die in bemerkenswert krassem Widerspruch zu den Werten seiner Erziehung standen. Tim wunderte sich, dass die Bücher nicht wenigstens im Gefängnis wegen Diskriminierung einem Verbot unterlagen. Andererseits gab es niemanden zu diskriminieren, im Trakt der Männer herrschte mangels Frauen Gleichheit.

Ein Martin van Creveld hatte sein Buch mit dem Titel *Das bevorzugte Geschlecht* veröffentlicht und meinte damit nicht Männer. Er schrieb: *In fast jeder Hinsicht sind Frauen seit eh und je das privilegierte Geschlecht. Als Kinder werden sie sanfter angefasst und mehr behütet. Als Studentinnen wird ihnen schon seit langem nachgesehen, dass sie sich von Fächern fernhalten, die als die schwierigsten gelten. Als Erwachsene sind sie unter weniger Konkurrenz- und Leidensdruck [...] Als Kriminelle und Prozessführende werden sie vom Gesetz und von den Gerichten wesentlich nachsichtiger behandelt. Als Staatsbürgerinnen sind sie nicht nur von der Pflicht befreit, an den schrecklichsten aller menschlichen Aktivitäten, d.h. dem Krieg, teilzunehmen, sondern werden auch besser vor ihm geschützt [...] Frauen, deren Leben als wertvoller gilt als das von Männern, sind seltener Opfer von Gewaltverbrechen.* Tim fühlte sich besser.

Er konnte kaum glauben, dass jemand seine eigenen, auf hartem Weg gewonnenen Eindrücke derart treffend niedergeschrieben hatte. Zu seinem Erstaunen machten andere Männer die gleichen Erfahrungen wie er selbst. Tim war bisher überzeugt gewesen, mit seinen Problemen allein auf der Welt zu sein. Jetzt las er detailliert schwarz auf weiß, dass er nicht mehr zu den einsamen Geisterfahrern gehörte.

Wieso wurde er erst nach zweifacher Vaterschaft im Gefängnis darauf aufmerksam? Nicht allein von schönen Mädchen hätte er Wesensbildung verlangen sollen. Ihm selbst hätte mehr kritisches Engagement viel Unheil und Seelenpein erspart. Es war nicht zu spät dafür. Tim beschloss, in der vor ihm liegenden Zeit aus seinen Irrtümern zu lernen.

Hatte Herr van Creveld das Buch bloß geschrieben, um mit dem Verkaufserlös die Unterhaltsansprüche einer unschuldig geschiedenen Frau zu befriedigen?

Oder um Frauenrechtlerinnen zu munitionieren?

Tim machte über dreißig Jahre alte Bücher ausfindig, die weibliche Privilegien kritisch beäugten, wie Esther Vilars *Der dressierte Mann* aus dem Jahr 1971. Er zog das rote Bändchen aus dem Regal und blätterte das stark zerfledderte Buch vorsichtig durch. *Würden sich die Frauen von den Männern unterdrückt fühlen, hätten sie doch ihnen gegenüber Hass oder Furcht entwickelt, wie man dies Unterdrückern gegenüber nun einmal tut – doch die Frauen hassen die Männer nicht und sie fürchten sie auch nicht,* las er. Ausgerechnet von einer Frau. In der Schule hatte niemals jemand diese abweichende Sichtweise erwähnt. Bestimmt war Frau Vilars Perspektive Uschi Müller-Schegoleit gegen den Strich gegangen, sie hätte nicht zu ihrem pathetischen Ruf nach noch mehr Frauenrechten gepasst.

Tim schlief tief und traumlos in dieser Nacht.

Sobald aber unser innerer Mensch den Druck durch Gegendruck überwindet, und das Selbst die Oberhand gewinnt, ist auch die Lebensfreude wieder da und breitet ihren Sonnenschein auch über Gräber und Trümmerfelder aus. (Johannes Müller)

XIII

Hundertvierundfünfzig Tage hatte Tim in der Untersuchungshaftanstalt verbracht und dabei jede Nacht intensiv von Susanne geträumt. Er fühlte keinerlei Scham oder Schuld, obgleich sie in seinen tröstenden Träumen dürftig oder gar nicht bekleidet eine lustvolle Hauptrolle spielte. Er meinte sogar, sich an ihren Duft erinnern zu können. Der hatte ihn besonders angezogen und Susanne aufreizender erscheinen lassen. Aber konnte man von Duft träumen?

Frauen beherrschen alle Gedanken, dachte Tim. Gott mochte vielleicht eine Frau sein, aber das X-Chromosom lebte als kleiner weiblicher Teufel in der hintersten männlichen Gehirnwindung und im heimlichsten Traum.

Am Ende der Untersuchungshaft verurteilte ihn das Landgericht nach einer Woche Verhandlungsdauer gemäß § 212 des Strafgesetzbuches zu einer sechsjährigen Freiheitsstrafe wegen Totschlags. Ohne Bewährung.

Der Staatsanwalt hatte anfangs sogar plädiert, wegen niederer Beweggründe auf Mord zu erkennen. Malte habe sich nicht wehren können und Tims Leben wäre ohne ein behindertes Kind freier verlaufen. Ich halte den Mordvorwurf für gerechtfertigt, rief der Ankläger, Sie wollten Ihre Freundin eifersüchtig allein besitzen und Malte hätte gestört!

Tim war ein Mann, hatte behaarte Beine und ein Täter-Gen. Männliche Richter behandelten ihn wenig väterlich und bestraften ihn ungleich härter als die hübsche Susanne. Wo blieb die männliche Solidarität? Er hatte allerdings auch nicht versucht, das Gericht mit lippenstiftrotem Schmollmund und kurzem Rock für sich einzunehmen.

Auf klare Fragen hatte er klare Antworten gegeben.

Susanne wollte weder ihre Schwangerschaft noch die Tötung ihres Kindes bemerkt haben und hatte ebenso klare Fragen wortlos mit einem Lächeln beantwortet. Nur Frauen durften statt einer Antwort charmant lächeln. Tim wäre unverschämtes Grinsen vorgeworfen worden.

Es besteht kein Anspruch auf Gleichbehandlung im Unrecht, lautete der Kernsatz eines juristischen Wälzers in der Gefängnisbibliothek.

Tim stand zu seiner Tat, er würde sie in gleicher Situation erneut begehen. Kompromisslos bestätigte er das vor Gericht. Westernheld John Wayne mit seinem Motto *Manchmal muss ein Mann tun, was ein Mann eben tun muss* hätte nicht überzeugender auftreten können.

Frauen bedienten sich ihrer Waffen geschickter und diplomatischer. Der frisch Verurteilte begriff, weshalb weibliche Täter nur fünfzehn Prozent aller Strafgefangenen stellten. Wie Hexenprozesse nicht die Existenz von Hexen bewiesen, belegten verurteilte Männer nicht die Bösartigkeit ihres Geschlechts. Ironischerweise bekamen Frauen regelmäßig unter Hinweis auf Hormonschwankungen milde Strafen und blieben von der Knästin verschont. Ein schwankender Testosteronspiegel bei Männern bewirkte niemals mildernde Umstände.

Trotz sicherer Aussicht auf Jahre hinter Mauern und vergitterten Fenstern fühlte Tim Freiheit. Er würde seinen eigenen Weg gehen: Unbeirrbar, ohne weibliches Mitspracherecht, ein Easy Rider auf der Straße der Männer.

Das Zepter kann nur schwingen, wer es auch in die Hand nimmt. *Der Starke ist am mächtigsten allein*, hatte schon Schiller geschrieben.

Tim konnte einen festen Wohnsitz vorweisen und der Richter gewann am Ende den Eindruck, dass keine Fluchtgefahr bestand. Daher musste Tim seine Strafe erst am folgenden Tag antreten. Ihm sollte Zeit gegeben werden, seine persönlichen Angelegenheiten zu ordnen. Die verbliebenen Stunden wollte er sinnvoll nutzen, um sich aus Christianes Wohnung elektrisches Rasierzeug — scharfe Klingen für den *Mach 3* waren in der Haft verboten — und frische Unterwäsche zu besorgen.

Seine Mutter reagierte nicht auf den kurzen Klingelton. Also öffnete er mit dem ihm verbliebenen Wohnungstürschlüssel die schwere Holztür und betrat den kleinen Flur. Es war niemand da, wenigstens sah er niemanden. Im Wohnzimmer angekommen, streifte er seine dunkelblaue Jeansjacke ab, ließ sie zu Boden fallen und setzte sich auf das schwarze Ledersofa.

Christiane hatte bei der Anschaffung auf Leder bestanden, weil es abwaschbar war und nicht so unhygienisch wie ein Stoffbezug. Aus dem gleichen Grund bevorzugte sie Buchenholz imitierenden Laminatfußboden statt eines Wollteppichs. Tim erinnerte der Aufenthalt in dieser Wohnung an den kostenlosen und ermüdenden Besuch seiner Schulklasse im Museum. Die stolzen Schätze des Hauses, uralte

Versteinerungen kleiner Schneckenhäuser, dienten nicht der Benutzung, sondern bewundernder Betrachtung und wirkten tot.

In der Glasvitrine neben der Wohnzimmertür standen drei aufrechte Zinnteller sowie jeweils zwölf ziseliert geschliffene Whiskygläser und Weinkelche aus Bleikristall. Der funkelnde Glanz hätte einer Werbung für Spülmittel zur Ehre gereicht.

Tim vermutete, dass seine Mutter die Abstände der Gläser zueinander mit einem Geometrie-Dreieck vermessen hatte, so exakt waren sie aufgestellt. Mehr als teure Dekoration war die Vitrine mit ihrem Inhalt nie gewesen, Christiane trank weder Whisky noch Wein. Das Zigarettenrauchen hatte sie sich während der Schwangerschaft mit Tim abgewöhnt. Daher strahlten die Gardinen mit eingewebten, barocken Puttenmotiven in Hausfrauenglück-Weiß wie am ersten Tag. Die Hohlräume des lackierten Heizkörpers vor dem Fenster reinigte sie anscheinend täglich mit einer Zahnbürste. Tim schüttelte sich.

Er nahm an, dass er ein ausgeglichener Mensch geworden wäre, hätte seine Mutter ihren Putzzwang nicht unter Umgehung einer seelenärztlichen Behandlung auf seine Erziehung umgelegt.

Möglicherweise litt sie an einer Überfunktion der Schilddrüse, schon vor zehn Jahren hatte Christiane über Schlaflosigkeit gejammert. Sie war jeden Morgen um drei Uhr aufgestanden, um vor dem Küchenbüfett stundenlang das von der Großmutter geerbte Silberbesteck *Augsburger Faden* mit einem Putztuch vom Schwarz der Oxidation zu befreien.

Sigmund Freud hatte keinen lichten Moment, als er den Ödipuskomplex erfand.
Sigmund Freud war ein Schwachkopf.

Tims Blick fiel auf den kleinen, weißen Beistelltisch. In der Mitte des Tisches, *genau* in der Mitte, stand eine kleine Birkenfeige ohne gelbe Blätter und ohne tote Äste. Sie wuchs in einem ebenfalls weißen Übertopf mit erhabenen eingearbeiteten, stilisierten Schafsmotiven als Verzierung. Sauberes, braunes Pflanzgranulat statt schmutziger Erde versorgte die indische Pflanze mit Nahrung. Neben dem Topf sah er zu seiner Überraschung ein Taschenbuch, das in die staubfreie Schrankwand gehört hätte, unordentlich auf dem Tisch liegen.

Er war überrascht, denn in der Wohnung lag normalerweise nie etwas herum — außer gereinigten Steinen mit Heilwirkung. Seine Mutter las gerade *Frauenfeindliche Werbung — Sexismus als heimlicher Lehrplan*, ein Lesezeichen steckte zwischen den Seiten. Er entnahm das Lesezeichen und durchblätterte das Buch ohne Interesse. Es handelte sich um ein Werk aus dem Jahr 1980. Die Sätze *Frauen an sich sind reduzierbar auf Sexualität. Was an ihnen interessiert und wesentlich ist, ist ihre Verwendbarkeit als sexueller Gebrauchsgegenstand. Für den Mann*, hatte Tim gerade gelesen, als die Buchstaben vor seinen Augen wuchsen, immer riesiger anschwollen und kreisförmig zu tanzen begannen. Strudelförmig und immer schneller zog ihn das Geschriebene magisch hinab. Er riss sich durch abruptes Zuklappen des Buches davon los.

Schnaufend und in der Hoffnung auf eine Nachrichtensendung im Rundfunk schaltete er die Stereoanlage mithilfe der silberglänzenden Fernbedienung ein. Als er John Lennon weinerlich *Woman Is The Nigger Of The World* singen hörte, betätigte er rasch den roten Ausknopf.

Er erschrak, denn plötzlich hörte er seine Mutter aus dem Badezimmer laut rufen. Bist Du es, Tim? Jetzt erst fiel ihm der seifig-fruchtige Geruch des Badezusatzes in der Wohnung auf. Christiane nahm ein Wannenbad. Er bejahte die Frage und bekam zurückgebrüllt, er solle zum Kühlschrank gehen, darin läge ein leckeres Wurstbrot vom Vortag für ihn.
Tim erstarrte und gefror innerlich.

Nach kurzem Innehalten eilte er zum Badezimmer, riss die Tür auf und sah in ein erfreut-erstauntes Gesicht mit angeklatschten Haaren. Mit unbewegter Miene machte er einen Riesensatz auf seine Mutter zu, packte sie an den Schultern und drückte sie mit aller Kraft unter Wasser. Anfangs wehrte sie sich nicht, etwas später dann doch. Da war es für sie viel zu spät und Tim war viel zu kräftig. Er hielt sie unter Wasser, bis keine Blubberblasen mehr ihrem Mund entstiegen und ihr Körper erschlafft zusammensank. Die Haare klebten jetzt nicht mehr angeklatscht, sondern schwammen auf der aufgewühlten Wasseroberfläche hin und her.

Weil er nicht zum Haftantritt erschienen war, brach am späten Abend des nächsten Tages ein Trupp uniformierter Polizeibeamter die Wohnungstür mit einem Brecheisen auf. Tim war noch dort gemeldet und niemand hatte auf das Sturmläuten an der Türklingel reagiert.

Die Beamten trafen zunächst auf Tim. Regungslos saß er in seinem Kinderzimmer, den Blick starr auf das alte Vollglas-Aquarium vom achten Geburtstag gerichtet. Er hielt einen kleinen Kescher in der linken Hand. Das schön eingerichtete Becken war üppig mit grünen Schlingpflanzen bestückt. Ausschließlich farbschillernde Guppymännchen schwammen darin. Kein einziges weibliches Tier.

Erschüttert entdeckten die Polizisten kurz darauf Christianes kalte Leiche in der noch wassergefüllten Badewanne. Vierzig munter umherzappelnde, grauschuppige und dickleibige Guppyweibchen umspielten den toten Körper. Die Tiere erfreuten sich an den schwer erkennbaren Resten einer aufgeweichten Wurstbrotscheibe.

Außerdem von Wolfgang A. Gogolin erhältlich:

Die Behörden-Satire
KARAWANE DES GRAUENS

Trotz der auf den ersten Blick trocken anmutenden Thematik 'Amt und Behörde' lässt sich das Werk in einem Zug durchlesen, man möchte die spannende, teilweise auch ein wenig verstörende und unebene Geschichte unbedingt weiterverfolgen.

Der Autor, selbst jahrelang im öffentlichen Dienst tätig, hat keine nur erfundene Fantasiegeschichte aufgeschrieben oder altbekannte Beamtenwitze nacherzählt, sondern kann auf eigene, komische und leidvolle Erfahrungen in diversen Behörden zurückblicken und tut das in höchst origineller Weise, dabei keineswegs immer politisch korrekt. Sexuelle Verklemmungen und Frauenbeauftragte werden in Gogolins fachkundigem Blick hinter die Amtskulissen lustvoll böse und bewusst intolerant aufs Korn genommen, ein intellektuelles Lesevergnügen! **mmp pressedienst**

ISBN 3-8311-4020-0   208 Seiten   Euro 11,90

www.karawane-des-grauens.de